The Survival of the Chinese Girls in USA

在美国闯荡的大陆妹

■ 海星／著

本书以漫画的手法、生动诙谐的笔调，
描述了以主人公Rona为主线
而带出的七名中国女性，
在美国艰难生存的故事。
她们就似七朵华夏之花，
被改革开放的浪潮，从九州大地，
冲到了太平洋彼岸的西域美国。
这七朵东方之花，因属性资质不同，
命运各异，故结局迥然。

香港文藝出版社
Hongkong culture and Art Publishing House

在美国闯荡的大陆妹

■海星 / 著

出版发行：香港文艺出版社
Hongkong culture and Art Publishing House

地址：香港九龙深水埗福荣街2号B地下

香港文藝出版社

开本：880×1230　1/32
印张：8.5
字数：12.3千字
版次：2014年10月第1版　2014年10月第1次印刷

书号：ISBN 978-988-13487-4-6
定价：港币 68.00 元

The Survival of the Chinese Girls in USA

本书献给那些对既是天堂、
也为地狱的美国，
又爱又恨，又向往又畏惧，
业已置身于斯、
或即将投奔其怀的炎黄子孙们。
……

The Survival of the Chinese Girls in USA

漫漫人生路
广阔而艰难
但充满希望
......

梗　概

　　本书以漫画的手法、生动诙谐的笔调，描述了以主人公 Rona 为主线而带出的七名中国女性，在美国艰难生存的故事。她们就似七朵华夏之花，被改革开放的浪潮，从九州大地，冲到了太平洋彼岸的西域美国。

　　这七朵东方之花，因属性资质不同，命运各异，故结局迥然。

　　"女强人的无奈"中的 Joanna，具备比常人高的 IQ 和 EQ，像貌也颇佳，但为了绿卡，她走投无路，急得出车祸，面瘫，差点命丧黄泉，最终无奈，和 Rona 在街上找来的流浪汉结婚，虽得到了绿卡，但为了自己的幸福，过河拆桥，抛弃了在她危难时相助的流浪汉，正应了那句名言："可怜之人必有可恨之处。"

"坠落红尘"的萍小妹，稀里糊涂地被骗进了夜总会，似那娇艳的莲花，一夜之间落入了严酷的冰窟，受尽折磨，倍受摧残，几近夭折，幸好在Rona和其丈夫的帮助下，逃离了夜总会的魔掌，最终离开这人间地狱般的美国"天堂"。

而为了改变命运，奔出国门的刁Anna，不惜全身"旧貌换新颜"，花巨资整容。她就似攀附在其他树上生存的"藤蔓"，依仗整容后的美艳姿色，这山望到那山高，鱼与熊掌均想得，不断地更换男人，结果浪费了青春，蹉跎了岁月，最终，成了无花无果，枝枯叶黄的干藤。

然而，主人公Rona和其他几位女性，都尽其所能，适应水土，以东方女性独有的聪明才智，勤奋耐劳的吃苦精神，顽强拼搏，经历了风雨，尝尽了苦难，在美国这片既肥沃又贫瘠，即滋润又干涩的土地上，扎根，开花、结果。

总之，这七朵东方之花，以其独特的属性和资质，在美国这片"万木争春、百花斗艳"的移民大地上，展现出一幅绚丽的景象。

The Survival of the Chinese Girls in USA

目 录

第一章

【 女强人的无奈 】

......

　　Jack 对结婚的事虽不似她那么热衷，但还是把她当女主人对待，一切全凭她做主。这种小两口的日子，使他如痴如醉。可他却以上班很忙为由，并不急着去结婚。这倒把她急得像热锅上的蚂蚁，团团转。最后，她想：不能吊死在这棵树上。

......

横冲直撞

开春的一天早上，大雨滂沱。老板望着窗外，阴沉了几天的长脸，终于喜笑颜开。那讨厌的雨水，在他的眼里，仿佛成了白花花的银子。

"这场大雨一定会给我们带来生意。"他欣喜地说道。此刻，他就像棺材店的老板，盼着别人上天堂那样，期待着人们出车祸。这样，他的汽车修理行就能生意兴隆。

在他黑心的祈盼中，安静了几天的电话，终于热络了起来。不久，来了几部刚刚撞了别人，或被别人撞了的车子。有的要修，有的要打个价。我便忙得不可开交。

下午两点许，一辆车头被撞得面目全非的本田ACCORD（雅阁），被拖车拖进了我们厂。跟着拖车来的一位女子，走进我的办公室，一听我说国语，久违的乡音，使她见我，如见到了久别重逢、日思夜想的母亲，心中的委曲难以抑制，便冲着我嚎啕大哭起来。

面对如此"殊荣",我不知所措地将两只手绕上了这可怜人的肩膀,对着这位看上去比自己小不了几岁的不幸者,充满亲情地拍着她的背,安慰道:"小妹,别伤心,看来你毛发无损,车子坏了有保险赔,千万别为车子哭坏了身子啊。"

"我真倒霉,呜,呜⋯⋯"她竟抱着我,伤心得愈发厉害,身子竟然颤抖了起来。

看来,心理治疗起反作用,这泪水跟那雨水一样,要何时休?只好来个冷处理,公事公办。我把她安置在靠墙的椅子边。

"喂,小姐,您贵姓?把你的驾照给我行吗?我先把你的资料记下来。"我不冷不热、不亲不疏地说道。

"哦⋯⋯我给你。"她从悲痛欲绝的心境中,猛然清醒过来,意识到自己的失态,不好意思地擦去眼泪,忙把驾照从提包里的钱夹中,拿了出来。

我把她驾照上的名字、地址抄进修理报价单中,目光扫了眼她的生日。其实,她也四十出头,就比自己小一岁。

"按拼音,我该叫你琼吗?"我问她。同时,我也向她介绍了自己。

"你就叫我 Joanna 好了。"她答道,激动的情绪,终于稳定了下来。

我一边抄着她的保险资料,一边询问她出车祸的经

过，宛如医生面对絮絮叨叨的病人，表情平淡。

"Rona，不瞒你说，人倒霉起来，喝水都会被噎着……"她就这样，把心里的苦水，似开了闸的堤坝，滔滔不绝地向我倒了出来。

一年前，她从河南洛阳，作为电话程控高级工程师，被派到北美，来参加一个中美合作项目。因为，她曾在全省同行的业务比赛中荣获第一名。一年的合同快要结束时，她突然意识到：这天堂般的生活不久就要划上句号。一种莫名的失落感油然而生。情急中，她使出浑身解数，想方设法留下来。

她上网找工作，但一封封求职信，犹如雪花融入水里，无声无息。不曾想，她这业务响当当的人才，竟遭受如此的冷遇！

而时光却一点不理解她的处境，毫不留情地只顾往前走。离回国的日子，进入了一个月的倒计时。

不过，这世上没什么可以难倒她。想当初，她能在短短的一年时间内，就把自己的英语水平，从二级一连提上八级，一举拿下全省同行中唯一一个来美国的名额。

山不转水转，人不转地球转。找不到工作，就找人结婚拿身份。

尽管时光的年轮，在她的脸上留下了沟沟壑壑，离婚后，也没再受到爱情的滋润，但凭她当年作为理科系系花的资本，她至少可以迷倒几个美国佬。于是，她从出国前，在前卫时代照相馆，折腾了几个星期、花了一个月的工资才拍出的几张像片中，挑出一张，她认为最能突显自己的魅力、最具有中国女性的气质、最富于时代气息的全身照，登上了 Match.com（美国一个求偶网页），并在对求偶者的要求栏目里，特意注明：非有意结婚者，勿扰。

一周后，终于有几位勇于"吃河豚"的应征。她兴奋地看着那些照片：一个个英姿勃发，比她的梦中情人更胜一筹。她便逐个地排队预约幽会。

在一家 Starbucks（星巴克咖啡店）里，她的心里，宛如有十几只兔子在赛跑，令她从咖啡馆里跑进跑出，激动而忐忑地迎接着她的第一个"梦中情人。"

等了近半个小时，她仍未见到那帅哥。正当她极其沮丧地要离开之际，在邻近桌旁，一位坐了比她还久，看去六十有余的老头儿走到她身边问："Are you Joanna？"（你是 Joanna 吗？）

她惊得半天说不出话来。像片中，貌似 George Clooney（乔治·克鲁尼，好莱坞的大名星和帅哥）的"梦中情人"，在眼前竟判若两人——那英俊的脸庞，竟变得似大峡谷的岩层，层层叠起；那深邃勾魂的双眼，成了两个无光无芒、断了丝的灯泡；那健硕挺拔的身躯，

竟弯得似对虾！

她回过神来，机灵的脑子一转，立刻回答说："您认错人啦。"话音一落，她撒开两腿，似惊鹿一般，连奔带跳地逃出了 Starbucks。

吃一堑长一智，有了这次的经验，她便要求"梦中情人"们对她坦诚相待，如实地报上他们的年龄和家庭经济情况。她也以相应的态度待之。她把自己的近照给"梦中情人"们一一电邮过去。

可这些"谦谦君子"们，除一个以外，全都在网上蒸发。她只好和那位坚守岗位，忠心耿耿的"爱慕者"预约面试。

周六早上，她到发廊，做了个一百美金的发式；下午，到梅西高档时装店，买了件最摩登性感的晚礼服，和一双让她三步一颠、四步一摇的高跟鞋。晚上六点，她这名不见经传的模特儿，便姗姗地来到了一家不廉不贵的中餐馆，和这位"忠诚"的"梦中情人"作最后定夺。

上一次的预防针起了作用。因此，在她看到 Jack 时，心中的恐慌程度也降了不少。不过平心而论，Jack 的模样还没有退化到认不出来的地步。他五十出头，刚在北美一个不大不小，说好不好的城市，买了幢适合两人世界的房子，膝下无儿无女，还有一份保险公司的工作。虽然年龄比她大了十岁，身材只比她高不了几公分，宽度却近乎她的两倍，可他的一切经济条件都不错！

对亚裔女子情有独钟的 Jack，一看到她就坠入了情网。这顿饭吃下来，他双眼几乎就没离开过她。于是，该是谈判的时候了！

她要求 Jack 和她一星期之内结婚，一周之后，到移民局替她申请绿卡。她必须在签证过期之前向移民局提出转换身份的申请。否则，她就会失去合法身份，变成非法移民。

也不知 Jack 是真的听懂了，还是不懂装懂。他只是在吞、咽的空隙中，OK 个不停。饭还没吃完，Jack 就提出要她搬到他家去，他可以马上带她回家。

既然，他同意所有的条件，她也觉得时间紧迫，宜早不宜迟。饭后，Jack 跟着她来到了她的住处，三下五除二，大件的放在 Jack 的卡车里，小件的就塞进她的本田四门车。不到一个小时，房间就像日本鬼子扫荡过一般，值钱的没有，剩下的都是垃圾。她给房东打了个电话，告知他搬迁的事宜。

一进入 Jack 那两房两厅的独立屋里，她就以女主人的身份，把整个房子的摆设，按自己的方式，来了个彻底的改观。

Jack 对结婚的事虽不似她那么热衷，但还是把她当女主人对待，一切全凭她做主。这种小两口的日子，使

他如痴如醉。可他却以上班很忙为由，并不急着去结婚。这倒把她急得像热锅上的蚂蚁，团团转。最后，她想：不能吊死在这棵树上。

每天，Jack一出门，她就忙着打电话到她求职的那些公司去询问。皇天可怜见，一家华人开的电子公司，正准备扩张，把公司的股票推上市，他们急需人材，也可以为她这样的员工，申请 H-1B 工作签证。

她即刻驱车去面试。老板亲自面试了她，对她的印象不错，叫她回家等音讯。

她喜孜孜地回到家。心想：我这种人才，怎能窝在这小房子里，埋没下半生? Jack 这种"燕雀"，焉知我的"鸿鹄"之志！

晚上，Jack 下班回来，兴高采烈地把一张市政厅结婚预约的交款收据，在她眼前晃了晃，便一把将她抱进了卧室，对未婚妻温存了一番。

结婚日期是下周星期二。周末，她煮了几个家乡的小菜，摆上了桌，而 Jack 也拿出藏了几年的红葡萄酒，为两人斟上。两人都很高兴，但高兴的内容不一，性质不同——Jack 为即将成家，结束这多年孤独的单身生活而庆祝；她却为自己迎来的另一广阔前景而干杯。

星期一早上，那家华人公司打来电话，通知她次日去上班。她立即打电话给前房东，告诉他，她要搬回来。

她急忙整理行装。完毕，在饭桌上留了个纸条，说：Jack，对不起，我没法适应这种家庭主妇的生活。我还是要到外面的世界去闯一闯，请你原谅，也祝你能找到幸福。

没等 Jack 回来，她就不辞而别，对这"麻雀窝"，毫无留恋地挥手说：拜拜！

四处碰壁

那家电子公司，虽说是搞电子科技的，却是个挂羊头、卖狗肉，只卖电脑和电子设备的公司。公司员工除了老板——一位个子矮小，年龄四十出头的香港人之外，就是一个电脑修理工和她。她的职务，既是电脑销售员，也是话务员并兼会计出纳。据修理工透露，她的前任，被老板那炽热的爱情，烧得无奈离去。

老板年富力强，浑身有使不完的劲。他是个工作狂，而且不嫖、不赌、不花钱、不吸毒，唯一的业余爱好，就是喜欢"吃豆腐"。无论是"老豆腐"还是"嫩豆腐"，只要不花钱，他一定使出浑身的解数，献上千般的殷勤，

说尽天下所有动听的话语，把不该吃的"窝边草"，吃个淋漓痛快。

之前雇用的三位类似Joanna的女子，都在他的 H-1B 工作签证的诱饵下，成了他免费的"豆腐煲"。他的妻子来自广东乡下，黄豆大的字不识一碗。对丈夫的"嗜好"，不知是不清不楚，还是不闻不问，因此，他把自己的"爱好"发挥到极致。这不，那位三十出头、模样可人的"嫩豆腐"前脚刚走，这位风韵犹存的"老豆腐"Joanna，就被端上了台面。

Joanna 上班的第二天，老板就把她的 H-1B 工作鉴证申请表，亲自送到律师处，感动得 Joanna 自己掏腰包付了律师费。接下来的日子，老板便对她嘘寒问暖、体贴入微，常给她供上家里老婆做的点心，让独在异乡为异客的她，倍感温暖。不久，她就开始替他暖起了被窝。

老板除了对女人的攻心术颇有研究之外，床上功夫也甚是了得（当然，这是对 Joanna 而言）。

不比不知道，一比才明了。当年，她嫁给由家人介绍认识的前夫时，那新婚之夜，简直就是梦魇：她吓得躲在墙角，龟缩到半夜。醉醺醺的新郎，见到床就是新娘，一倒下，便酣声大作。她蹲得双腿发软，两眼困盹，最终，无所畏惧地爬上了床，才被丈夫圆了房。那新婚的经历犹如上刑场。有了儿子之后，她和丈夫的性生活更是雪上加霜，渐行渐远，最终走上了不归路。离婚后，对性生活的厌恶，导致其他的雄性在她的面前，既使像孔雀开屏那样，也无法引起她的"性"致。

和 Jack 一周未婚夫妻的生活，也没能在她那死水般的心海里，荡起任何爱的涟漪。

感谢上苍，她作为一个女人没有白活。这位老板对她的情欲所需了如指掌，对她那坚如堡垒的爱情阵地迂回包抄，进行猛烈攻击，使她有生以来，头一回尝到性的甘甜，爱的芬芳。她春心荡漾，爱意如火山岩浆，喷薄而出，一发不可收拾。

他们俩爱得你中有我，我中有你，双双对对，形影不离，为了避免那撕心裂肺的短暂分离，老板骗妻子，把楼下那闲置的姻亲房腾给她住，说是出租，添点家用。

就这样，Joanna 和这位有妇之夫，在堂堂的主妇鼻子下，开始了有实无名的"夫妻"生活，和让她销魂蚀骨的老板颠鸾倒凤，夜夜笙歌。

丈夫和情人名目张胆、放肆放荡、寡廉鲜耻的丑恶行径，终于唤醒了老板娘，为保护自己名份的原始本能。起初，她苦口婆心，劝丈夫看在一双儿女的份上，要做爱就到单位去，千万别在自己的屋檐下，干这种狗屁不

如的勾当。

丈夫不屑一顾，讥讽她一介村妇，不懂何为情，爱为何物，越发变本加厉，对她视若无睹。

老板娘忍无可忍，头一次满腔悲愤地冲着丈夫大骂："别以为你会做点生意，就翅膀硬了，飞上天了？要没有我和我娘家，你现在还在香港大街上，送报讨生活。"

丈夫连看也没看她一眼，挽着 Joanna 的手，说说笑笑地离去。

"别以为我是泥做的，你想怎么捏就怎么捏！我也让你看看，在这个家里，谁是你的老婆！"她话一说完，就拿起电话，向娘家求援。

于是，为了保护自己的家和权益不受侵犯，老板娘把 Joanna 的物件，一把笼统，塞进几个黑色垃圾袋，扔上汽车，领着声讨的队伍，浩浩荡荡，（上至八十岁的祖母，下到五岁的外甥，二十多号人）冲到了电子公司，骂的骂，打的打，砸的砸，把 Joanna 这只"老狐狸精"，打得落花流水、落荒而逃。

Joanna 以为，老板对自己的爱心将海枯石烂，永不变换。她搬出来后，指望老板一如既往，并兑现他的承诺：今生今世，永不分离。既然他们是天设一对，地造一双，就该走上婚姻的殿堂，执子之手，与子偕老。

　　她祁盼着老板的来电，可一连几天，老板对她不闻不问。她忍不住拨打他的电话，而对方不是留言就是关机，老板俨然人间蒸发。她猛然意识到：自己的身份有了危机。便不顾再次被当作"老狐狸精"扫地出门的危险，来到电子公司的门前。老板拒绝见她，由新来的"嫩豆腐"传话给她：为了顾全他的家，负起一家之主的责任，他俩从今以后，行同陌路。

　　要知今日，何必当初？信誓旦旦的承诺，还言犹在耳，转眼之间，竟如同儿戏。她绝望之际，开车奔向了金门桥，想一了百了。

　　站在金门桥上，那旖旎秀丽的风光，以及人们脸上阳光般的笑容，唤回了她对生活的向往。Loser（失败者，屌丝）跟她的名字向来无缘。于是，她决定再返回Jack那温馨的"麻雀窝"里，去休养生息，重整旗鼓。（也许，Jack那张结婚的预约付款单还能派上用场。）

　　路上，她把道歉的话语字字掂量，反复斟酌，多次重复，最后，如背熟的台词，脱口而出。

　　Joanna来到曾被自己轻薄的"麻雀窝"前，一股暖流流遍全身，没想到，转了个圈，又回到了原处，而此处才是她的归宿。

　　几声门铃响后，开门的是一位楚楚动人，三十刚过，

美丽娇艳的同胞。

Joanna 以曾经的女主人身份，高声呼唤着 Jack。

Jack 穿着件睡袍，出现在门口，带着惊讶和困惑的眼神望着她，仿佛她来自中世纪。他迟疑了片刻，随之，揽着那妩媚同胞的水蛇腰，骄傲地介绍给 Joanna：这是我亲爱的妻子。

这位占了本属她的"雀巢"的"斑鸠"，已看出了其中的奥妙，便扬起脸来，以胜利者的姿态，向她发出热情的邀请："既然来了，就请进屋坐坐，喝杯清茶，或和我们共进午餐，Darling，怎么样？"说完，她转身朝丈夫嫣然一笑。

望着这位得意的"斑鸠"，Joanna 别有一番滋味在心头。狼狈之中，她掉头就走。在他们的"bye-bye"声中，她猛踩油门，恨不能逃得越远越好。

回程途中，她一脸茫然，没了方向。老天似乎也在为她悲伤。突然，大雨倾盆而注，令她看不清道路，为躲避迎面而来的货车，她的 Accord（本田雅阁）一头栽进了路边的沟渠。

她困惑的脑袋，顿时一片空白。她以为自己踏入了天门，马上就可以见到上帝，终于得以解脱。

不知过了多久，她在刺耳的警笛声中惊醒。难道天堂也需要警察？上帝的威力又何能彰显？

她睁开眼，才知道自己已被上帝抛弃，连天堂也进不去，依然还呆在这人间炼狱。她不禁放声痛哭，哭声惊动了现场的警察。他们原以为驾驶员已断了气。于是，吊车迅速把她的车子拉上了马路。几位警察手忙脚乱地把她从车中扛出。

她的双脚一落地，大地母亲就使她恢复了元气。她活动了一下麻痹了的筋骨，没事一般地行动自如。在保险经纪的建议下，她的车子被拖进了我们的车房，我才有幸聆听这位非同凡响的姐妹，那苦胆般的倾诉。

她把苦水倒出之后，心中顿时卸下了重负。可那重负却似被一只无形的手，不知不觉地挪到了我的肩头。如今，她身陷困境，我岂能袖手旁观，无动于衷？我那一丝尚存的同情心，怎能安宁？

"你现在有何打算？实在无法呆下去，就不必勉强自己。与其在这受罪，还不如回国去，过个轻松自如的日子。"我建议着，似乎想尽快把这包袱甩掉，心中才得以宁静。

"我已愈期不归，单位已把我除名。我现在回去，有何颜面去见我的父母兄弟？我又怎能去面对我那一心指望我把他接出来的儿子？"她一脸凄苦地解释着。

你这不是作茧自缚？女人啊，你为何如此固执，如

此偏狂？你本身就脆弱不堪，却非要逞强，活该如此。

心中骂的是她，但从她的身上却看到自己的影子，一种莫名的哀伤涌上心头。想当初，自己的处境也好不了多少。这种绝处求生的经历亲临身受。当时，哪怕有谁能伸出一根指头相助，自己也会感激涕零，铭心刻骨。

抱着这种心态，便决定管她愿不愿意，对她的事我得插上一手。至于自己帮上忙或帮倒忙，是 match-maker（牵线搭桥）还是 trouble-maker（惹事生非），就看上帝的安排了。

雪上加霜

"你现在没车，又没买租车保险，不如等我下班后，我送你回家吧。"我自告奋勇地提了出来。

"那太好了，谢谢你，若娜。"她那凄苦的脸上，终于露出了一丝笑容。这笑容，一扫那残花败柳的景象，点亮了昔日风华的余光。

下班后，本想把她送回她的住处，但顾及：她在老板娘家一窝蜂的"棒"打和Jack家"斑鸠"的羞辱之下，刚从鬼门关回来，唯恐她钻牛角尖，想不开，再寻短见，便自作主张地把她直接带回自己家。

再说，正好明天是周末，我可以替教会做点义工，开导开导她。自己虽不信佛，造一幅七层塔高的自身佛像，对自己而言，是天方夜谭，但"救人一命胜造七级浮屠"的佛教善念，还是深深根植于脑中。更何况，主耶稣要我们爱世上所有的人呢。

"Joanna，你这周末没事吧？"在车上，我试探地问道。

"我现在没工作，又无亲无故，来往的朋友们，一听说我和老板的事，就像躲瘟神一样躲着我。唉，做人做到这种地步，真不如今天在车里就不要活过来，那样更干脆，一了百了。"她幽幽地说道，话语中充满哀怨。

"其实，人生不如意的事，十有八九，你也不要太想不开。上帝关上了一扇门，他一定会给你开一扇窗。"我空洞地安慰着，连自己也不知，她的那一扇窗会是什么，或在何处。

"你说得也许有道理吧。我也不知自己还有没有未来。"她面无表情地答道。

"既然，你周末无事，不如跟我作个伴，就在我家住，咱们可以聊聊天。说起来，我在这也没什么朋友，

能交上你这么个朋友，也是我们的缘分。"我试着说服她。

"如果不会给你带来麻烦的话，我还求之不得呢。"她一口答应了。

二十分钟后，我们就到了家。我把她引进三楼的住处。

母亲和刚学会走路的小儿子，乐呵呵地迎了上来。一看到来客，母亲就到厨房沏了一杯热茶，招待落坐在皮沙发上的 Joanna，小儿子便缠在她的脚边，"姨姨"个不停。

望着我那红棕色头发，脸蛋粉白得跟奶油一样的小儿子，Joanna 发现新大陆似地嚷了起来："若娜，你先生是'鬼佬'吗？"

此时，正在卧室更衣的我也回嚷着："是啊。"心想：这有什么好大惊小怪的。

我走进客厅时，母亲正自豪地向Joanna 显摆我家的影集，仿佛那是她为之奉献一生的伟大党的光荣创业史集。

Joanna 看着看着，不禁抬起头来对我刮目相看。因为从我那平凡的脸上，她找不出什么特别之处，能让我把英俊魁梧的老公勾到手。她怎能透过现象看本质呢？

既然不说话就无法显示出长辈尊严的母亲在陪她聊天，我便到厨房忙着准备晚餐。这期间，大儿子从学校放学回来。

Joanna 便立即对我这扑朔迷离的婚姻史大为好奇。

她问我母亲,我结过几次婚。

母亲直截了当地回答说:"这大儿子是我女儿和前夫在中国生的。女儿和前夫性格不和,因此离了婚。她来美国后,就嫁给了这个帮底(老公的名字是 BOND ——邦德)。这个帮底就帮我女儿拿绿卡,帮女儿把大儿子接了出来,也帮我移了民。他还叫我女儿寄钱回去,帮我那些不争气的儿子买店做生意,这帮底,真是帮我们家帮到底了……"

母亲那能言善辩的嘴巴,就像当年歌颂她那伟大光荣正确的党一样,替老公唱起了赞歌。

Joanna 听完之后,宛如被洗了脑一般,对白人油然升起一股从未有过的崇敬心情。一想到她那进了嘴,又似嚼完的口香糖被自己不屑吐出来的 Jack,心中甭提有多后悔。若时光倒流机上市,她定立马到初次出售此机的商店门前,在抢购的队伍里排第一,再把此刻在她脑海里跟耶稣一样全身闪光的 Jack,抱在怀里,永不离弃。

老公下班回来,我立刻把她做为好友介绍。老公对我这突然冒出的好友,甚感诧异,因为,他从未听我说起。既是好友,他便无所顾忌,天南地北,侃起大山,从我们初次相遇,到成家立业,养老生子,无处不提。

Joanna 仿佛在听一千零一夜,听得如此专注,就差

没做笔记，但故事的精髓，全都记在心里。

饭间，老公拿我来调侃："Rona was smart enough to pick me a sucker"（若娜聪明得看上了我，一个头脑简单的冤大头）。言外之意，当年是我把他当个容易上当受骗的白痴追到手。可我就是不给他抬高自己，作贱他人的机会（此处当然是为自己抱不平）。我反唇相讥道："You were even a genius，inventing the special proposal that 'I will marry you unconditionally'。"（"你简之就是个奇才，竟会创造出特别的求婚字眼'我愿意无条件娶你'。"）

Joanna 看到我们如此和谐，一家其乐融融，大为感染、大受启发、大有不嫁白人誓不为人的决心，也纵然生起一种恨不能即刻挽着个白人的手，走上婚姻殿堂的迫切愿望。

老公听说她的困境，立即就拍着胸脯说：一定有办法把她嫁出去。那口气，仿佛另一个 Sucker 就等在那里，只等他一声令下，立即把 Joanna 娶了去。

为了稳妥起见，我对 Joanna 再三强调：老公是满口胡说，信口雌黄，这是他的本性，千万别把他的话当真。每个人的婚姻都有定数，婚姻这种事急不得，只能可遇不可求。

也不知她对我的话有否听进去，但从她的脸上，我觉得老公的话占了上风——那凄苦的表情已荡然无存，取而代之的是，对光明未来的无限憧憬。我原本打算饭后替教堂做义工的打算已然多余，眼前的她竟然开怀大笑，痛苦和绝望似乎跟她从未打过交道。我便高兴地睡了个安稳觉。

次日早上，我把她带往西人的基督教堂做礼拜。开始，她有点踌躇，在我强调那是个白人的教会之后，她二话没说就跟着我上了路。一到教堂，她的目光不停地在那些白人身上扫描。可那些白人男子，要么老态龙钟，要么身边都带着"花朵"。所剩无几的单枪匹马者，目不斜视，正襟危坐，都仿佛穿了耶稣给"罪人"设的盔甲，刀枪不入，她那毫无穿透力的目光，似乎碰上了"石墙"不知是受那赞美诗歌触及灵魂的感动，还是因找不到对象而极度失望，她突然放声大哭。哭声吸引了全教会的目光，打乱了台上乐队的阵脚，也使唱诗班歌手们不再专注。

我只好把头低下，闭上双眼，默默祈祷：仁慈的主啊，我给你牵来一只迷途的羔羊，盼你擦亮她的双眼，指点她的迷津，让她幡然醒悟，做个虔诚的基督徒。

还好，她的哭声，随着动人的赞美诗音乐结束而戛然而止，牧师才顺利地给教堂里的罪人们，洗去一周来犯下的各种罪孽。走出教堂之后，一些教友们，便能

一身轻松地重操旧业，管他什么罪过，只要称心如意，一样赴汤蹈火。

礼拜结束后，女教友们蜂拥而至，热烈欢迎新来的姐妹，可Joanna要的却没见一个。男教友们都循规蹈矩，敬而远之，她纵有千般的本领也无处可施。

"心急吃不得热粥，时间会给你带来结果。"我安慰着，语气依然空洞。"不过，主耶稣一定不会弃你不顾，只要你心诚，信仰坚固。"我为了坚定她的信念，不停地给她打气，但目光也开始替她寻觅着那位倒霉的Sucker……

看她情绪稳定，出教堂后，我就把她送回她的住处。

几天后，她出现在我的办公室，我不禁双眼愕然呆住。她的半张脸，仿佛被巫师做了手脚，肌肉如水泥般凝固，嘴巴全歪到了一边。

"Joanna，这是怎么回事？！你可别吓我。"我声音高了八度。

"唉，我…我……昨天收到移民局的来信，通知我，我的H-1B签证申请下周五就作废。我要是没法再找家公司挂上，或转换身份，那我就要么回中国，要么黑下去。昨晚急得一个晚上没睡觉，今天早上起来，一照镜子，就发现一边脸瘫了。"她缓慢吃力地吐着每个字，

歪嘴似木偶一般，被无形的绳子，一拽一拽地抖动着，那扭曲的脸，此刻如同一幅漫画，遭到一只无情的画笔，恶作剧似地涂鸦。

我几乎不忍心看她，但为了不加重她的恐惧，一边强压住心中的悲怆，一边挤出笑脸劝她："车到山前必有路，重要的是先把这脸治好。"我便介绍她，到附近的一家华人开的中医针灸珍所去看看。

她走后，她的烦躁像病毒一样传给了我，我开始坐立不安，宛若找不着孩子的母鹿，上蹿下跳，片刻不得宁静。

午饭休息时，我蹿到大街上，在 WALGREENS（一家联锁店超市）里兜了一圈，也不知要买什么。出来时，看到门外街边，蹲着一位穿着军服的白人，我那心中的烦躁，突然有了着落。

"郎才女貌"

这人看上去四十出头，和 Joanna 年龄不差上下。我便跟他搭起讪来，对他加以仔细盘查。

他身材高高瘦瘦，仿佛几个月没沾到肉；身上衣衫褴褛，看来大街小巷便是他的栖身之所；模样不算难看，只是咧嘴一笑，不见了两颗大牙，而那漏风之处，成了个"深山老林"里的"神仙洞府"。

不管三七二十一，看他是不是纯正的美国公民才是硬道理。

"Do you like a Chinese girl to be your wife？"（你喜欢中国女孩当老婆吗？）我壮起斗胆道，尽量显得镇定自若。

"A Chinese girl like you？"（跟你一样的中国女孩？）他嘻皮笑脸的反问我。

我点头称是，但非常严肃的告诉他，我给他带来一个机遇，就看他是否有兴趣。

他头脑一点不傻，从我的表情看出我没打哈哈。于是，他给我出示了他的身份证，还骄傲地对我讲起他从军的经历。

我犹如大海寻宝之人，发现了一颗稀世珍宝，喜不自禁地把他带到我的办公室。我把 Joanna 的不幸对他添油加醋、改头换面地描述了一番（愿主耶稣能宽恕我的撒谎），特意强调，她原本美丽的脸庞，如今有点变故，希望他着重于人的内心，不要太看重外表。

我老板对我的荒唐之举，只用了一句话做评语："你吃得太饱了，竟如此消化。"

幸好，退役军人对我言听计从，他把我当作他的班长，一切由我说了算。于是我叫他去把自己整理整理，过两小时后再来听消息。他仿佛是第一次要作新郎，心中的喜悦难以隐瞒，带着对幸福的憧憬，他甩开长腿，蹦哒着离去。

我立即拨响了 Joanna 的电话，把这 Sucker 的消息告知了她。

她一开口就问："他长得像啥？"

"除了门牙少了两颗，打扮一下还不错。至少五官端正，头脑清楚，身材苗条，有一米八五。"我答着，心想，你最好别再挑剔别人，别人是否看得上你，还很难说。

"……"

"他没结过婚，又是退役军人，拿绿卡应该较容易，而且政府给予退役军人许多福利。"我补充道。

"那就先见一面再说吧。"她犹疑不决地回答着。

我便当起了 match-maker（媒婆），替他俩安排了见面的时间地点。星期天中午 12 点半在教堂门口见，不见不散。

回家后，我在老公的衣橱里翻箱倒柜，希望找到几件适合那准新郎的衣裤。翻了半天，只找到一件皮夹克，一件条纹衬衫和两条西裤。这是老公长肉之前穿的，也许那流浪汉还能穿出个模样。

老公一进家门，我就迫不及待地向他炫耀，仿佛中了彩票，得意地告诉他："I got a sucker for Joanna."（我替 Joanna 找到了个笨蛋。）

"Are you kidding? What does he do? "（你没开玩笑吧？他干什么的？）老公对我的所作所为已有所领教，因此见怪不怪，一点不感惊讶。

"He is a bum."（他是个流浪汉）我随意答道。

"What? Are you crazy? "（什么？你疯了？）他既惊诧又不解地说道。继而，他告诉我，他已说服了他功夫班里的一位警察同学来见 Joanna。

我只好告诉他，Joanna 的半边脸瘫痪了，嘴巴歪到了一边，他的警察朋友还是不见为好。

"What an unfortunate woman! Then just forget it."（真是个不幸的女人！那就算了。）他惺惺然地说道，为自己无法兑现承诺而大为失望。但他同意把他的衣裤捐赠给那准新郎，因为我对他说：他的衣物，能给这对新人带来幸福。

次日，把耶稣遗忘了的老公，为了一睹我这 match-maker 的"杰作"，也跟我来到了教堂。

Joanna 早早地就报了到。这次，为了不引来太多的目光，她围了一条宽大的围巾，静静地坐在后排靠角落的排椅上。我们在她的旁边落了座，她只是点点头和我们打了个招呼。老公不时地偷偷瞄她，想看看她面瘫后的尊容。我便拧一下他的手臂，请他停止这种恶作剧。

礼拜结束之后，差十分就十二点半。我们走出教堂，那位缺牙退役军人，正猴急地站在大门口，往里张望。

我和他同时挥手招呼。"Hi，Harry""Hi，Rona."

他满面笑容，那失去两扇"大门"的嘴巴显得格外空洞，空洞得把Joanna看得呆如木鸡，围巾滑下都忘了再往脸上搭。而这么一下，Harry也愣怔地望着她。

这时，站在一旁的老公忍不住说道："Great, they just match."（真棒，他们正是一对）。

我慌忙地把两人互相介绍。

几秒钟后，他们终于回过神来。两人的目光齐刷刷地射向我。那感情，仿佛我这乔太守把鸳鸯谱点错。

我满怀歉意地对Harry说：Joanna的状况只是暂时的，他的爱情将是一副灵丹妙药，会使她的美人胚子转活。

转过头又给Joanna建议：结婚之后，就去找个牙医，把那两个洞给补上，那时他一定会是个帅小伙。

几分钟后，两人终于同意携手缔结连理。于是，我把丈夫的衣物，送Harry当结婚的礼服。

星期一的早上，Harry穿着老公的衣裤，犹如电线杆上，套了个宽大的睡袋。Joanna头上围着围巾，乍一看，

还以为她是来自《纤夫的爱》中，那坐在船头的妹妹。

我带着这对新人到市政厅登记。老板说我发疯发出了成果。他特许我半天假，去为这对独特的新人，见证他们独特的婚礼。

市政厅金碧辉煌，华丽庄严的正厅中，古希腊雕像点缀的巨大穹顶下，一对对的新人们，如天使一般，沿着扇形大理石阶梯，从底部向高处拾级而上。他们仿佛登上巴比伦塔，向天国往上爬。在顶上由方柱围成的小厅中，小穹顶向新人们射下圣洁的光束，那强烈的光束，宛若上帝的眼睛，洞察着"天使"们的心灵深处，看他们在一生中最为神圣的时刻，对婚姻誓言说"I do"时，是真心实意还是登台演戏。

Joanna 和 Harry 在登记处当着老法官的面签名时，老法官用异样的目光，看着这对缺牙歪嘴的夫妇。凭她那几十年的经验，以及那孙悟空般的火眼金睛，她立刻看出这一对新人，结婚绝非出于爱情。

"Are you their witness?（你是他们的证婚人吗？）"老法官出于人道，不让他们难堪，却把矛头对准我。

"Yes. I am also their friends.（是的，我也是他们的朋友。）"我惊慌失措，本以为证婚人只出眼睛不需张嘴。

老法官犀利的目光，紧盯着我的双眼，仿佛在问：

他们歪嘴缺牙也让你见证了吗？真不知道这桩婚姻除了骗绿卡之外，还有什么不可告人之处。

我下意识地赶忙辩解："Your Honor，Joanna unfortunately had a Bell's Palsy three days ago."（法官阁下，Joanna 不幸在三天前，犯了个面瘫。）

老法官便把犀利的目光转向他俩，Joanna 连忙点头。

"Oh，sorry to hear that."老法官立刻显出满脸的同情，微笑着向他俩祝贺。

也许是因为人太多，排不过来，抑或是这一对"天使"还未获得上帝赐给的翅膀，没资格登上那"巴比伦宝塔"，老法官把这对有待历练的"天使"，引到了婚礼宣誓厅对面的走廊上，让他们遥遥领略那来自"天国"的祝福。他们就这样屈居在走廊上，一个歪着嘴，一个漏着风说："I do!"（我愿意）

这对"患难夫妻"在上帝的关照下，开始了中西合并的生活。Harry 把他的流浪睡袋和挎包，背进了 Joanna 租的地下姻亲。Joanna 在曾经做 part-time（零工）的一家小中餐外卖店干起了 full-time（全工）的活儿。Harry 也安下了心，结束了流浪生活，到一家 Burger King（一家汉堡包联锁店）当警卫。

两年多后的一天，我带着儿子到 BURGER KING 吃汉堡，一个中年白人侍者，给我们送来了可乐。

"对不起，我们没要可乐。"我想他是弄错了。

"这是我请你们喝的。"他咧开大嘴笑着说，那嘴巴看着眼熟，仿佛在哪儿见过。

"Rona, how are you? Do you remember me? I am Harry."（若娜，你好。你记得我吗？我是哈利）他说着，依然笑容可掬。

哦，是 Harry，Joanna 的丈夫，那位我在街上发现的"稀世珍宝"。他的门牙给补上了，肉也长了不少，上不了好莱坞，也可做广告。我想 Joanna 应该非常满意。

"How is Joanna？"（Joanna 好吗？）我脱口问道。

他的笑容马上消失，告诉我："Joanna 一切都好。她的面瘫早已治好，她拿到了绿卡，儿子也接来了，还把老板的外卖店买了下来，生意做得红红火火。"

从 Harry 的口气里，我感到她的成功好像没给他带来欢乐，于是，问他为什么。

"Joanna 的 everything OK 了，她说：如今她一朵鲜花怎能以牛粪为家？所以她向我提出了离婚，我们上个月彻底拜拜了。"他说完，一脸的惆怅。

这些话犹如晴天霹雳，让我脑袋开花，无言作答。

女人啊，你的名字叫弱者？？？NO，你的名字叫——折腾！！！这可怜之人确实有可恨之处。无怪乎，世人要感叹：人生如戏！戏如人生！

第二章

【 坠落红尘 】

······

　　我在人群中搜寻，希望能找到萍小妹那熟悉的身影。忐忑中，一阵音乐声起，耀眼的灯光，霎时把整个厅子照得雪亮。正面不远处，一个不大不小的舞台上，幕布前，亮出个上着黑色皮马甲、下穿同色三角裤衩的小丑，宣布当晚的节目正式开始。

······

萍水相逢

　　刚来美国，人生地不熟，许多同胞由于语言不通，或文化背景的差异，也许不想被别人当作异类，就往自己的同胞堆里钻，哪里黄皮肤多，就往哪里融合。而且，同胞们一出国门，别说是乡音，就连那国语，也让人听起来格外亲切。一对天涯漂零的陌路，不用侃上几句，马上就称兄道弟，或姐呀妹呀的，互通有无。

　　一在这北美海边城市安下家后，我就迫不及待地往唐人街跑。再为了找份临时的工作，眼睛就聚焦在那些写着什么"xx 海鲜馆"呀，"xx 四川小吃店"呀之类的门牌上，或寻觅着那些从里边飘出酱油、红酒、青葱、大蒜味道的楼房。

　　功夫不负有心人，我不久就在一家位于中国城中心的湖南餐馆，找到一份见习企台的活。"见习企台"，名字听起来很专业，可实际上，无外乎就是人人可以对你指手划脚，大声吆喝的打杂新手。新来乍到，为解决温饱，我只好忍气吞声，看人家的脸色，吃人家的"嗟来之食。"

干了不到一星期，又因手脚太慢，午餐做完，就被经理撵到另一分馆去做晚餐，因为，那边的小费更少。人说：虎落平阳遭犬欺，更何况我这只唯唯诺诺的羔羊乎？

不过，夹缝中求生存，逆境中出天才。好像很多名人都有这样或那样的落难史。说不准，将来自己也能衣锦还乡，成了故里十里八乡的名人。届时，写传记或自传什么的，若没了这些磨难，内容一定极度平淡，缺乏精彩，难以光宗耀祖。

抱着这种心态，无论何种指责，任何谩骂，我一概笑纳。不久，指责的人觉得无趣，谩骂的人感到乏味，指责和谩骂声便对准了下一个"见习企台。"

虽然不要再受面子上的羞辱，但实质上的刁难和差遣每天都有。我便整天在两个餐馆之间来回奔波，干的活比别人多，小费却比别人少一半。

每天，去上晚班，经过一家 nignt club（夜总会）时，我总会看见一位脸上一层浓妆，身上衣着不多，身材高挑，模样俊秀，似模特般的女子站在门口。她那白嫩纤细的手指叼着根香烟，戴着假睫毛的大眼睛半眯半睁，

染着血样口红的小嘴儿，慢慢地吐着缕缕白烟。那模样，活脱脱就是电影里街头流莺的翻版。

经过她身边时，我们俩先是以好奇的目光，眼角朝对方瞄上一眼。第二天，目光便大胆地往对方身上扫过一遍。第三天，双方同步向对方说"Hi, good afternoon."，却又惊讶地发现，各自的英语都带着不同程度的CHINGLISH（中式英文）口音。第四天，我便停下了脚步，以自己的母语向她问好，她也以国语回答。继而，我俩互报了门户。她叫萍，来自杭州西子湖畔。第五天，时间充裕，我便打住脚步，没话找话，和她套起了近乎。

"我在那湖南餐馆端盘子，干杂活。午餐在那头，晚餐在这头。辛苦半死，钱没挣几个。"我一开口就抱怨不休，仿佛心中的压抑，只有在抱怨中才得以消除。

"你至少是在为自己挣钱，命运由自己掌握。"她一边吐着白烟，一边淡淡地说。

"这么说，你的自由被人剥夺啰？"我好奇心大起，想探个究竟。

她看了一眼门里边，什么也不说。

"你在这上班？——都干些什么？"我坚持不懈，继续探索。

她点了点头，迟疑片刻，才低着声说："跳舞。"话毕，她昂起姣好的脸庞，斜睨着我，我顿时充满钦佩地说道："跳舞是搞艺术，看得出，你满身的艺术细胞比我吃的饭还多。"

"什么艺术？"她不屑的把烟头扔在地上，踏上一只脚，狠狠地踩灭，仿佛她与那"艺术"不共戴天，要与之拼个你死我活。

看来是话不投机半句多，我别热脸去贴她的冷屁股，只好就此收口。于是，我挥挥手说："明天见。"

那几天经过，我只是客气地打着哈哈。

一天，看见她的左眼比右眼黑，仔细一瞧，左眼好像是受了伤。我不禁再多看她几眼，发现她左眼下方脸上也有淤肿，便冒失地问道："你怎么了？"

"没什么，只是不小心撞了墙。"她依然淡漠地说着。

"你一般都什么时候表演？我能来看你表演吗？"我搜肠刮肚，想着法子接近她。

"这没什么好看的。你最好离此处远点。"她口气非常生硬，仿佛要拒我于千里之外。

她越是卖弄神秘，我就越是好奇。为了达到目的，我把带给老公的外卖干炒牛河向她递去：

"我想，你也许还没吃晚饭吧？这个餐是给你的。"

她先是一愣，接着便说："我们素昧生平，无亲无

故。你干嘛要向我示好？"

"一回生，二回熟，咱们同是天涯沦落人。"我随意搬出了一首歌的歌词。

我这边话音一落，她那边就手捂双眼，泪水滂沱。我便惊慌失措，不知自己怎么会引发她的泪腺，可惹了祸又不知如何灭火。

"怎么了，我说错了什么？"我把她的一只手拉下，把那装牛河粉的塑料袋塞在她的手上。

"对不起，把你惹伤心了。明天见吧。"我像做错了事的小孩，赶紧离开。

"谢谢你，若娜。"带着抽泣的感谢声从身后传来。

"不客气。"我头也没回地挥了挥手，大踏步地往上班的地方走去。

次日，她一看到我，就向我高声嚷道。"若娜，谢谢你的牛河粉。味道真不错。这是给你的钱。"

今天她头一次未施粉戴，素颜朝天。而从她那冷艳的脸上，我第一次看到那开心的笑容，那笑容让西施逊色，使昭君平庸。

"我又不是卖牛河粉的，怎能收你的钱？"我把她的手一下推掉。

"那就谢了，若娜姐。"她对我的提防，就这么轻易地被我那一盘干炒牛河给彻底击溃。我不禁沾沾自喜地把她称为萍小妹，尽管她看上去几乎比我差了一辈。

就这样，我们在这异国他乡，萍水相逢，成了姐妹。有了这个妹妹，我心中便多了一份牵挂和惦念。每天趁经理不在，便奖赏自己几个春卷，两只炸鸡腿，转个圈，用 mini 外卖盒装好，换班时以闪电的速度，往大衣口袋里一塞，干起了地下工作者的勾当。一见到萍小妹，立即给她小恩小惠。看她吃得津津有味，心里高兴的滋味比她还美。

但萍小妹对她的身份和来历，仍旧对我保密，她不说，我也不必多嘴。我俩的交往，就局限在这夜总会门外。

可接下来的几天，不见她从那夜总会里出现。心想：她也许在忙着排练。趁着星期天休息，我在下午傍晚时分去她那里，给她个出其不意，特别惊喜。

把门的黑人凶神恶煞，犹如阎王殿前的牛头马面。他要我交钱买门票。我拿出江姐般的勇气，告诉他，我是来找我的萍小妹，并非来看戏。

不知是钦佩我的勇气还是看我像个傻大姐，他挥了挥手，放了我进去。

从未进过夜总会的我，一踏进那阴森的大门，全身的毛发直竖，这 lobby（进门的大厅）不大，墙上大红

的油漆让我联想到鲨鱼的嘴巴。我挪着双腿，一边四下张望，一边想着往后撤退。

过了第二道门，里边是个酒巴，长长的柜台边坐着一排醉生梦死的男女，仿佛那杯中之物，能给他们带来幸福。左边和正中，一张张小桌旁，在昏暗的灯光下，浮动着无数幽灵般的眼睛。

我在人群中搜寻，希望能找到萍小妹那熟悉的身影。忐忑中，一阵音乐声起，耀眼的灯光，霎时把整个厅子照得雪亮。正面不远处，一个不大不小的舞台上，幕布前，亮出个上着黑色皮马甲、下穿同色三角裤衩的小丑，宣布当晚的节目正式开始。

台下，那些原先头埋在杯中物的"幽灵"们，顿时找到了躯体，还了阳，开始歇斯底里地吹着口哨，大喊大叫。随即，大厅的灯光又恢复了原状，只是灯光全聚集在舞台上。

幕布猛然拉开，几位上着白色长袖衬衫，下只盖着一片红色遮羞布的摩登女郎，踩着音乐，旋着、转着、踢着、跳着，登上了场。小丑把她们一一介绍，女郎们大都是黄皮肤黑眼睛中的尤物。

我一望去，突然发现，中间的那瘦高个，就是消失了几天的萍小妹……

深陷污浊

我心中既喜又悲，喜的是：我终于找到了萍小妹，她安然无恙，依然在台上蹦蹦跳跳；悲的是：如此的丽人，竟沦落红尘，命运多舛，不知未来是福是祸。

我的心中，宛如灌下一大坨的铅，沉重得使我两脚无力。我在靠门边的一张凳子上，坐了下来，两眼直愣愣地望着舞台。

眼前的景象，只在小说里读过或电影里见过，而此刻的我，不敢相信自己竟然还醒着。舞台上，萍小妹抓住左边的钢管柱，搔首弄姿，狂野放荡，在台下众"幽灵"的疯狂呼叫声中，她不停地变换着各种淫秽的动作，脸上的表情，让所有台下的男人们如痴如狂。

一些"幽灵"情欲奔放，站起身，一边高声喝彩，一边要她脱去衣物。此刻的她，除了那点遮羞布，已是全身赤裸，包括她的灵魂，一切都毫无遮掩。

我不相信：自己认识的萍小妹，竟然如此下贱龌龊。

她一定是被逼进这淫窝，身不由己，无可奈何。

人们朝她疯狂地边扔钞票，边乱叫："脱！脱！脱去那该死的裤衩！"

我仿佛看见：台上的萍小妹，成了关在笼子里的羔羊，就等着台下的"幽灵们"，最终将她抱上餐桌。

突然，如惊醒的母狮，萍小妹一跃而起，拿着个礼帽，走下台来，向"幽灵"们讨小费。她在"幽灵"们放肆的摸、掐、捏、抱、吻中，一边放荡地与他们调笑，一边将礼貌伸向他们眼前。那礼帽马上就堆满钱币。她把钱扔进一个袋子，继而再如法炮制。

她走到离我不远的桌子，目光在我身上猛然凝固，我不知该不该和她打招呼。我刚抬起右手，她就转身朝台上退去。

她不紧不慢地穿上白衬衫，谢了幕，急步消失。

她退去后，另两个女子上了场，一个打扮成黑猫，拖着一根长长的尾巴，另一个扮成哈巴狗，摇头晃脑。

我正看得出神，一只手突然把我抓住，没头没脑地拖着我，往门外就走。我趔趄地跟着他，心想：遭了，这下大祸临头。

我对着拖我的人一边挣扎，一边嚷着："你干嘛拖我，请你放手，听见没有！"

拖我的是个五十岁左右的广东人。脸上没肉，顶上没毛，但手上的力气不小。

"没买票也混进来白看。天底下哪有不要钱的'淞'（菜）？"

"不看就不看，有什么了不起？你不要拖我，我自己会出去。"我甩了他的手愤愤地说。

到门口时，他冲着那黑人门卫道："Why did you let this lady come in without a ticket? （你为何让这位女士无票入内？）"

那黑门卫只是对他耸耸肩，眼翻了下白，就让我走了出去。

我下意识地快步往前跑，生怕再被这傢伙缠上就麻烦不少。而且，已是晚上七点多，一种恐惧感从脚底一直往上爬，全身不禁打起了寒颤。

"你等等。"那广东人朝我紧追上来。"你等等。阿萍有信给你。"他叫道。

"阿萍？"我不由的止住脚步。

"嗨呀，各个阿萍，呢个妹。"他追上我后说。

"哦？"我惊讶不已。他怎么知道萍小妹和我的关系?

接着，他用一半国语，一半粤语数落起我来："你胆子真不小，敢一个人跑进那夜总会来找阿萍。你会害死阿萍的。说不定还把你自己也搭进去。"说完，他把一张条子塞给了我，转身就走。（后来萍小妹告诉我，

这人是夜总会老板的堂弟，他对萍小妹颇表同情，但爱莫能助。）

这一切来得如此突然。我对自己的判断能力开始怀疑。不管他怎么说，先看看这纸上写些什么。

若娜姐：

谢谢你今晚来看我。谢谢你对我如亲妹妹的关心。你对我的关爱，萍妹这辈子难以回报。

为了不连累你，我不想再和你交往。因此，我不再到门外抽烟。没想到，你竟然找上门来。我知道你的为人，你要做的事没人能阻拦。今儿个的事令我后怕。想想，我还是和你见个面叙上一叙，了却你的牵挂。明天你上班前，到夜总会后门的那个点心店来，我在那等你。

妹：萍

字迹虽潦草，但仍可看出那字体的隽秀，她一定是在匆忙中写的。我心中顿时感到愧疚，自己的莽撞，竟让萍小妹如此担惊受怕，但又不由得窃喜，自己对她的关爱，总算没有白搭。明天，我就可以弄明白，为何她这美丽的鲜花，自甘堕落，插在淫窝？

我回到家时，老公大为恼火，他头一次不知我的下落。结婚几个月来，他和我休息时，便身前身后跟着，不知是对我初来乍到不放心，还是怕我跟别人跑了。我去哪儿都得跟他汇个报，晚上下班非得等着他来接我。老板称赞他为我的贴身保镖，老板娘羡慕我嫁了个有情郎。我却对他俩说；如果你们喜欢，我可以把他献上（因为他这块"胶"着实黏人）。

为了不使他起疑心，我便一五一十地告诉他我的探险经过。

"How can you be so crazy to go the dangerous night club, especially that Chinese night club? （你怎么会疯到这种程度，竟跑去危险的夜总会，尤其那是个中国人的夜总会？）You can dance without clothes on the street, but not in the club! Is that clear? （你可以裸着身子在街上跳舞，但不能在那夜总会跳，清楚了吗？）他对我严厉警告道，那火气简直要把屋顶掀翻。

"Darling, I just got here, I have to learn everything, right? By the way, what is the difference between that Chinese night club and your white night clubs? （亲爱的，我初来乍到，什么都得学，对吧？顺便问一下，那唐人的夜总会和你白人的夜总会有什么区别呢？）

他最受不了的就是我这细声细气地来一下，他那刚点着的火药筒立刻就焉了。

"That Chinese night club is in the hands of the mafia. According to my friends in the gongfu class, they have all the connections with the mayor's office and other political organizations, even the police department. You are in big trouble."（那家唐人夜总会是由一个黑帮组织经营的。据我功夫班的朋友们说，他们和市长办公室，其他政治团体，甚至警察部门都有关系。你是大祸临头了。）

他这么一说，把我吓了一跳。但转念一想，他无非就是不想让我涉足这些是非之地，故意编出来唬我。

别以为我真是只兔子，几句话就能唬住？若那样，我就不会独自闯荡天下？因此，我无所谓地说

道："Darling, don't worry, I will not go into the club any more after I go to talk to my cousin."（亲爱的，别担心，我去和我表妹谈谈后就再也不会涉足那夜总会了。）

"What? How the hell does the whore become your cousin?"（什么？那婊子怎么又变成你的表妹了？）他那火药筒又冒起了烟。

但他对萍小妹的侮辱令我忍无可忍。别忘了兔子被逼急了也会咬人。

"Shut up your dirty mouth! She is not a whore. She must be forced to do the dirty work. I have to think about how to bring her out of there."（闭上你的脏嘴！她不是婊

子。她一定是被迫干那肮脏的活儿。我得想法子把她从那儿弄出来。）我无所畏惧地说道。说完，不禁为自己的大义凛然之气度大吃一惊。

老公第一次看见我这兔子发威，立刻愣在那儿无语。他知道我最大的毛病就是死心眼。只要我想要做的，无论他怎样阻拦，我都会死皮赖脸，死搅蛮缠，死心踏地地去做，也从不在乎结的是熟果，还是酸果或是苦果。因此，他和我说只是白说。

第二天，三点多，我做完中餐，细嚼慢咽地吃完中饭，思量着该不该去见萍小妹。老公说的话不是没有道理，要不，萍小妹也不会那么惊慌，故意避开我。她虽然不会英语，但那么个大活人，怎会被圈在那淫窝里不逃脱？

不管怎样，我就不信：伟大的美利坚合众国，竟会允许这种无法无天、逼良为娼的夜总会肆意妄为。难不成好莱坞的那些英雄警察们，都是编出来忽悠全世界的？反正我就在点心店里见她一面，和她说几句，劝她改过自新。与其留在这美国受罪，不如回到祖国母亲的怀抱，和亲人们享尽天沦之乐。

打定主意后，先进行祈祷：天上的父，愿您在天上的眼睛，能化作那闪闪的明星，照我上战场，把萍小妹救离苦海，送回祖国，与家人团聚。过后，我又做了三分钟的

深呼吸，胆子成倍地扩大。胆量一来，我便雄纠纠、气昂昂地迈出了餐馆大门，去迎接那好莱坞电影似的战斗。

假警察救美

我刚跨出大门，老公穿着他在一家大型超市上夜班的保安制服，开着他的小卡车在我面前"嗤"地一声刹住。今晚六点，他得去那超市上班。

"Get in, my little rabbit."（上车吧，我的小兔子。）从昨天开始，他把我动物化了。

我吃惊得不知所措：如果让他见了萍小妹，他那护花使者的本性，会不会闹出个毛病？对她一见倾心？我岂非搬起石头砸自己的脚？要是那淫窝真是黑窝，把他牵扯进去，到时，弄不好，自己的后院也给端了，连营救自己的人也没了！我岂非自掘坟墓？但转念一想：有他来助威，说不定他能大显身手，把萍小妹直接救走。

"Where are you going? Don't you know I have to go to work in another restaurant?"（你要去哪儿？你难道不知道我要去另一个餐馆上班吗？）我一边说着，一边在斟酌。

"Go to see your cousin whore."（去见你那婊子表妹）他嬉笑着说。

"I warn you not to say that word again!"（我警告你不许再放那厥词）我再次严正声明。

"Come on, I have no time. I have to go to work after this."（上车吧，我没时间。办完这事后，我还要去上班）。他不耐烦的叫了起来。

为了不让他在餐馆门前大叫大嚷，我这只兔子乖乖地跳上了他的卡车。

他没等我系好安全带，便猛踩油门朝那夜总会冲去。

不到两分钟，我们就来到那点心店门口，正好有个人从街边停车位把车子开走，老公手脚利索地把车停好。

"Darling, you just wait in the truck. When I need you, I will call you, all right?"（亲爱的，你就在车里等着。需要你时，我会叫你，好吧？）我又细声细气起来。一说完，比兔子溜得还快。下了车，一眨眼就溜进了那只摆了几张桌椅的点心店。

我在里边绕了几圈，等了半天，终于看见萍小妹从门外走进来。我急忙迎上前去，她却把我当成陌路。我正要问她为什么。她一边对着玻璃柜里的点心指手划脚，一边对我说："别往后看，有人在跟踪我。"

此刻的我，犹如圣经里罗德的妻子，抵不住所多玛

城被上帝的天火焚毁时想看上一眼的诱惑，故意在桌子旁边绕上一圈，眼光往门外扫去。

门外的大街上站着一个结实粗壮的华人傢伙，两眼紧盯着萍小妹，凶巴巴的目光似乎要把她吞下，我心中顿时感到小小的惊吓。

但有门外的老公为我撑腰，我的胆量便宛若气泡不断膨胀。我走到萍小妹身边，一边学着她的样，对着柜台里的点心指手划脚，一边问她，"你每天都这样被人盯着？"

"只要离开了他们的管辖范围，他们就派人盯梢我。你现在才知道我的处境如何。从今以后，你别再管我，咱们就当从未见过。若娜姐，你没必要为了我自找麻烦。"她痛苦地说完，选了一盘点心，付完钱，要离去。

"萍小妹，只要有信心，一定有出路。我可以帮你想法逃出。"我试着把自己的气鼓到她的身上。

她摇了摇头，悲切地叹到："我只有死路一条。记住，别再来找我。"说完，她朝门口走去。

"记住，天底下无绝人之路。"我禁不住转过身来冲着她说。

她一跨出店门，那傢伙就抓住她的手，恶狠狠地问道："你在里边为什么呆这么久？你跟那女人都胡说些什么？"

"我不认识她。"萍小妹答着，眼望着别处。

"你说大话（撒谎）。她昨天来过我们这。"他说完，一巴掌就落在了她的脸上。

我立即冲出去，大声嚷道："你为何打人？我要报警。"

"你敢，我连你也打。"他说着就朝我挥拳。我赶紧往老公的车跑去。

老公从车上一跃而下，三步并两步冲向他。没等他明白过来，老公把他所学的功夫招数一一挥洒，朝那傢伙头上挥去个"泰山压顶"（（左擒掌—右鞭拳），对着他的眼睛来了个"金刚出世"（左架桥—右平撞拳），往下巴送上个"霸王敬酒"（左掀桥—右钩拳），最后，马步一弓，来个"浪子抛绣球"，把那汉子，若小鸡一般举过头顶，甩出近十尺远。

那傢伙也算耐摔，在地上哼了片刻，又一骨碌地爬起来。他一看我老公模样：不好，倒霉，碰上个警察！转身朝夜总会跑去。

我不禁喜出望外，没想到老公竟成了好莱坞电影《007》里的 James Bond，他的形象在我心中顿时光大。趁老公占据优势，我拉着愣在一旁的萍小妹，爬进卡车，扮起了 James Bond 的"性感迷人"搭档的角色。

这时，从那夜总会里，呼啦啦的跑出一大队人马，领头的发现老公只是个保安并非警察，便对手下大声吆喝道："快追！别让那假警察把阿萍掠走了！"

老公立即上车，启动引擎，猛踩油门。卡车似脱僵的野马，向前飞奔。

夜总会的车子也随即追来。老公一边猛按喇叭，一边超车越道，横冲直撞。我和萍小妹抱成一团，吓得直打哆嗦。糟糕，戏演砸了，没法收场！

夜总会的车子越来越近，我想这下难逃魔掌，心中便开始向天父求助：天上的父，请您大显神灵，把这些恶魔挡住，救萍小妹离开魔窟。

也许是天父听见了我的祷告，也许是老公违规超速，以及后边紧追的车辆惊动了警察。很快，几部警车就盯上了我们的卡车。而夜总会的车便停止了追踪。我胆颤心惊，心里暗暗叫苦：刚逃离狼窝，又落入虎口，这下罚单不知要花多少。

老公高呼胜利，夜总会的恶徒们果然中了他的计。老公故意引来警察，恶徒们才停止了追杀。

他把车停在路旁，向警察出示他的驾照，待警官审核完毕，他才向他们解释他违规的原委。

我也紧接着把萍小妹的事告知警察，问警察有什么解决的办法。

那警官沉思片刻，说：我们不管这些，了不起我们把她送到中国领事馆去。因为她没有护照，她的事，她自己的领事馆会解决。

我把警官的话翻译给了萍小妹，她那美丽的眼珠差点要蹦出，惊恐不已地拼命摇头，恳求着千万别把她送去领事馆。她说：上个月，她的同伴玉姐想方设法地逃出，跑到警察局求助，警察局把她送到领事馆。领事馆为了落实她所说的情况是否属实，便和夜总会联系。不到半个小时，那夜总会管事的就拿着玉姐的护照来把她领了回去。

晚饭前，管事的把所有的姑娘叫到办公室，向大家展示从玉姐手上砍下的一截仍戴着玫瑰花戒指的手指。那天晚上，萍小妹什么也没吃。

警官听完这一切便明了，那夜总会是把一些中国来的姑娘，以办绿卡骗上勾，扣下她们的护照，欺负她们语言不通，人生地不熟，逼她们出卖肉体，用她们的血肉，换取大把大把的钞票。

萍小妹随家乡艺术团来美演出，这家夜总会的老板，便主动提出替她申请特殊人材的绿卡，条件是：她得无偿为他的夜总会工作一年。她把这看成通往幸福天堂之路，便在那只识几字的文件上画了押。就这样，她把自己给卖了。待她醒悟时，为时已太晚，回头已无岸。她若是抗议，小则挨顿揍，大则让黑门卫整晚"侍候"。她若想逃，玉姐的下场就是她的榜样，可怜的丽人就这样成了笼中之鸟，插翅难逃。

　　警官说，这件事不属于他的管辖范围，建议我们带她到移民局，先查查看，夜总会替她申请绿卡是真是假，然后再由移民局出面调查。但为了她的安全起见，我们最好暂时搬家。警官敬佩老公的见义勇为，没开罚单，放了他一马。

　　我们急忙搬进我和老公初次认识的旅馆，在那儿陪着萍小妹度过难关。我不得不辞去那餐馆的活儿，到别的地方重新开始，远远离开唐人街那是非之地。

　　在移民局，我们竟然发现，这家夜总会从来就没给任何人申请过什么工作或特殊人材绿卡。因此，根据萍小妹提供的情况，夜总会的那些姑娘们都成了没有身份的非法移民。

　　于是，移民局对整个唐人街来了个突袭，把夜总会的姑娘们以及其他没身份的中国人全都抓去。姑娘们的苦难终于熬到了头，但面临着被遣返回国，多年之内不许踏上这片土地。

　　那家夜总会老板，因雇佣非法移民仅仅被罚了些款。他把夜总会从新整修了一番。没过多久，他的夜总会又重新开张，生意依然红红火火，蒸蒸日上。

　　尝尽了辛酸苦难的萍小妹，登上了飞往祖国的航班，对这人间炼狱般的美国，挥手说："拜拜，我曾经梦中的天堂。"

第三章

【 丑女的婚恋史 】

……

　　Anna 转动着如雕刻过的双眼皮丹凤眼，秋波莹莹，转盼多情地嗔道；"快带我回家。"继而，小心地捏捏山根高耸的鼻梁，摸摸秀气小巧、笔直的准头；仿佛检查一下那人造鼻梁是否依然安好。

……

丑女有其福

随着邓小平把改革开放的号角一吹，闭关自锁的中国大陆，突然向全世界开放。

一夜之间，老人的脑袋蒙了，难以面对那些从外部，如潮水般扑来的花花绿绿的物质世界；小孩的童心复杂了，口里的话儿，大人们无法理解；男人的心眼活了，整天想着如何弄到大把大把的钞票；女人的情感顺了，不仅能随心所欲地谈性说爱，甚至能把自己估值叫卖，竟依各自的模样、本事，分出那市面上流行的等级。连武夷山导游，在讲解"朱熹狐狸洞"景点时，都能谈古论今，对当今大陆妖媚的女性，以其精辟独到的见解，编出一则"狐狸"顺口溜来：一等"狐狸"，漂洋过海；二等"狐狸"，北京上海；三等"狐狸"，深圳珠海；四等"狐狸"，就地下海；五等"狐狸"，在家喂奶（小三或二奶）；六等"狐狸"，监狱劳改。

为了争当那"一等",不少女子，使出浑身解数，冲出国门，管他外面的世界是虚幻的"精彩"，抑或万般的无奈，只要能踏出国门，身价似乎瞬间倍增，自己的人生价值也仿佛得以兑现。如此一来，个个削尖脑袋，往外面的世界钻。然而，在西方精彩的世界里，并非人人都能似邓文迪那般，幸运"中彩"。本文以刁 Anna 为例，可让读者管中窥豹，略见一斑。

Anna 来自大陆广州。她心比天高，以邓文迪为她的 Idol（偶像），可造物主既没赐她一米七五的高度、窈窕魅人的身材、顾盼多情的媚目；又没赏她与媒体强人偶然相遇、小三转正、一步登天的"机遇"。她手无缚鸡之力，却心欲独霸世界；处处争强好胜，可每每差强人意，唯一值得庆幸的，就是她肩膀上扛着颗不傻的脑袋。

作为女人，要想在男人操控的世界中占有一席之地，她要么有貌，要么有头脑，能拼爹更好。Anna 深知其中奥妙。她既无爹可拼（她高中还未毕业，父亲就跟小三离家出走，一去不回头），又相貌丑陋，只好靠脑袋不懈奋斗。她深信，此生要致富，就得找出金钱的聚集之处；要想沾有铜臭味，就得在金钱的炼狱里翻来滚去。于是，她考上大学，选修直接和钱打交道的会计

专业。

大学四年的苦读中，她早起晚睡，死记硬背，若能把文字似电脑般的扫描储存记忆，她会毫不犹豫地把所有的书本吃进肚里。功夫不负有心人，她以优异的成绩，不仅拿到了大学文凭，还考到了精算师的执照。

丑女自有丑女福，造物主的怜爱之心也同样把Anna光顾。在一次应聘会上，一欲上市公司的招聘女经理兼老板娘，独俱慧眼，在美女如云，人才咸集的几百号应聘者中，独独将她相中。

其实，道理很简单，有了Anna做陪衬，这老板娘就脱去了"丑女"的外衣，也断了老板找美女小秘的后路。每日里对着身边两个丑陋的女人，老板看看Anna，再瞧瞧内人，目光自然就多停留在自己的老婆身上。从此在公司里，她对老公便无后顾之忧。

Anna 身兼多职，名义上是公司的会计加小秘，暗地里却成了老板娘插在老板身边的眼线。她多者兼顾，干得不露声色，做得十二分漂亮。

不久，她对公司的"尽职尽责"，大获老板的赞赏；提供给老板娘有关老板和谁打牌，与谁偷腥的第一手资料，获得老板娘的格外器重。她成了老板和老板娘之间的传声筒、老板娘的左右手、公司上市前的财务规划总设计师助理（总设计师的名分，则属於对财务一窍不通的老板娘）。

公司以她一手炮制的财务报表，不仅获得了银行巨额贷款，还顺利通过了证监会的审核批准，一举登上了南方的股票交易市场。（诚然，她没想到，老板夫妇是如何用钱铺路，才使公司在证交所上榜）

公司一上市，老板夫妇的口袋大鼓，出于有恩必报之优良传统，老板大笔一挥，划给了 Anna 两万原始股。

本应对此感激涕零的 Anna，顿时，心生嫉恨：这公司有今天的辉煌，全靠本姑娘的聪明才智和心机手段。这对狗男女凭什么一夜暴富，坐拥几千万？而本姑娘所得到的只是这区区股票两万张？

于是，她利用老板夫妇的信任和重用，把公司的账户看成自己的钱库，设假账号，虚开发票，偷樑换柱，七改八涂，她的私人钱库似那雨后的春笋，从广州冒到了香港。

她金钱越多，无情无爱的心灵越发虚脱，那丑陋的外貌似苔藓，慢慢向心中蔓延。相由心生，相随心往，心灵的丑陋和空虚，致使她的外貌越加不堪入目。不管多贵的护肤霜，也阻止不了因心机算尽，似细蛛网般的皱纹爬上她的脸庞；无论营养多丰富的煲汤，也不见她

那面容，显出白皙红润之光。

岁月催人老，时光总无情。她不知不觉过了"姑娘十八一朵花"的情窦初开之季（她与花无缘），又悄然无声地迎来了"三十女人豆腐渣"的可悲可叹之时（豆腐渣却与她浑然一体），为自己无人问津而愤愤不平；因四处求偶，却无果而终而暗恨苍天；可怜兮兮地被遗忘在爱情的角落里，独自垂泪，顾影自怜。

就在她几近绝望之际，造物主再次向她伸出了怜爱之手。

她邻居的侄儿 Peter 赵，十八岁跟父母移民美国，因家境和语言关系，在餐馆里浑浑噩噩地端盘子度日，一端就端到了二十八岁生日。一日惊醒，他发现自己父辈在祖国，已由"下无寸土，上无片瓦，替地主做牛做马的贫下中农"，翻身做了拥房占地的主人。

而他来到美国，依旧过着上无片瓦，下无寸土，替老板"做牛做马"的苦活，不知何日是尽头，美国佬整日里高唱的"美国梦"，仿佛成了那天边的云朵，可望不可及。

为实现美国梦，趁自己年轻依然光棍，他在伯父的撮合下，找到了有财无貌的"地下钱罐"刁 Anna，她将成为他实现"美国梦"的垫基之石，曲线通往成家立业的快捷之径。因此，他向刁 Anna 伸出了"假结婚"

来美国的橄榄枝。

至于 Anna 真要与他结婚，就是剥他的皮，抽他的筋也难叫他从命。从照片上看，她那塌陷的鼻梁、朝天的鼻孔、似兔子一样往前凸的门牙、仿佛被造物主不小心削去了二分之一的下巴，都令他望而生畏，怎叫他与其赴巫山云雨，效于飞之乐？他虽急于实现美国梦，但不想大白天做恶梦（尽管伯父说：灯一暗，女人都一样）。

Anna 明知此路有风险，但她笃信无限风光在险峰，风光美景就在太平洋的彼岸。舍不得孩子，套不住狼，若不花钱，她那"没人要"、"剩女"之称号将永远甩不掉。"有钱能使鬼推磨"，只要她出的价比别人的高，这鱼儿准上她的钩。何况，她对公司的所做所为，迟早会露馅，与其在这火上烤，还不如下海去游一游。她决心一下，邻居要价五万，她以六万拍案成交。

冲着那两万美元的定金，拍板一周后，Peter 就从太平洋的此岸，飞到了彼岸。

Peter 个头不高不矮，肤色不黑不白，身材不胖不瘦，五官不俊不丑，充其量，一个中等模样，但在 Anna 的眼里，他帅过宋玉，貌似潘安。她庆幸这钱花在了刀刃上，机场一见面，心中爱之光瞬间点燃，恨不得当晚就能和他上床。

丑女有其道

俗话说：人不可貌相，海水不可斗量，可现实生活中，若相貌丑陋，则万事艰难。

Peter 在机场一见 Anna，脸上的笑容转眼即逝，视线便一直朝着 Anna 的反方向旋转，目光试图躲避 Anna 这随时令他眼瞎的"激光"。

一切似乎按部就班，但 Peter 却一改初衷，不肯领她上领事馆，申请她到美国结婚签证，而是执意当即在广州领结婚证，藉口是："我们马上在国内结婚，等两年后，你就可以以公民亲属的身份，移民美国，一进美国海关，就可以领到绿卡和工卡，那比眼下去签证容易。已婚的签证申请，被拒签的概率几乎为零。"可他心中则纳喊：我怎能把你带回美国，让人遗笑大方？

Anna 曲解了 Peter 的实意：莫非他真心爱上了我，等不了去美结婚手续的繁琐？但她不想上当受骗，当下到一些精办移民的律师所咨询，搞清了眉目，落实了实情，才由邻居出面担保，一手结婚，一手交钱，期盼着这假戏真做，和 Peter 共度良辰美景。

Anna 不惜重金，把亲朋好友请到酒店，隆重风光地和 Peter 成亲。在外人的眼里，她终于笑到最后，笑得最好，找到了爱的归宿，修成了婚姻正果。

Peter 当夜一领到钱，便再三声明，此桩婚姻是生意，无任何真情实意，他完全不须履行"丈夫"的义务和责任。婚礼酒宴一结束，他急急忙忙溜之大吉，次日就消失得无踪无影。

Anna 虽失望地伤心落泪，但至少有了个名分得以安慰，她坚信，只要她去了美国，金钱加真情，哪个男人不动心？

为了那四万元未到手的"期票"，Peter 也一年半载抽空回国，探探 Anna 这"期票"的刚性兑付几何。他向移民局递上申请后，又向 Anna 要了一万。

"丈夫"每次归来"省亲"，Anna 总是拉着他访友走亲，四处作秀，脸上的幸福似广告，大张旗鼓地向所有的亲朋好友炫耀。

两年说长也长，长得叫 Anna 度日如年，对太平洋彼岸的美国望眼欲穿；说短也短，短得 Anna 还没能从公司偷上足够的嫁妆。在 Anna 接到美国移民局寄来的

签证面试预约通知时，老板娘发现 Anna"老鼠搬仓"，偷挪公司的钱粮，立即要她把赃款全部退还，若不然，她将向公安报案。

Anna 不慌不忙，打开电脑，向老板娘亮出公司上市之前所有编造的材料和假账单，凸出的大门牙咬了咬短凹的下巴，浓浓的眉毛往上扬了扬："是你们偷梁换柱，虚报账目，欺骗银行，蒙蔽证监会，还是我偷窃公司的钱粮？"继而，她拍拍扁平的胸脯："要说，大家一起到公安局去说，谁怕谁？"

老板娘一看，五官扭曲，怒发冲冠，一声怒吼，短臂一挥，可怜的电脑霎时落地，砸了个稀巴烂。

"我已将这些数据财料复制成几张光盘，万一我怎么样，你也难逃法网。咱们还是好合好散，你不欠我，我也不与你较量，就此做个了断。"Anna 不嗔不怒，不急不乱，沉着应战，字字似尖利的铁钉，钉得老板娘眼冒金星。

事情既已暴露，双方扯去面具，彼此面露峥嵘，互相死咬乱打，尔予抱成一团，进行了 cat-fighting 式的较量。

两人被众人拉开之后，老板娘瞪着那永远睁不大的眼睛，紫着颧骨高耸的长脸，张着又大又厚的嘴巴，嚷道："你这良心被狗吃了的丑货，当时，我真没长眼，竟把你这茅坑里的臭石头当宝玉来选……立马给我从公司里滚出去，从此别再让我撞见，要不，准让你那短下巴脱落！"

"你这八婆算什么东西？猪八戒不拿镜子照照自己……要不是我，你们现在早就关门大吉……走就走，姑娘我本来就要走。你有本事，到 America 来找我！" Anna 雄纠纠，气昂昂，仿佛班师回朝的大将，在公司众目睽睽之下，高抬着短下巴，凯旋回家。

虽然，老板娘对她偷钱之事奈何不了她，但那"短下巴"的污辱之辞深深地将她击垮。人们对她的面貌缺陷本心照不宣，她的丑陋模样犹如被盖上一层面纱，她总以为自己的才干能将其美化。如今，这面纱被老板娘无情摘去，她的自尊仿佛随时随地遭人践踏。老板娘实属可恨，这五十步笑百步的气怎咽得下？

回家后，她左思右想，得出的结论是，女子有貌走遍天下，无貌寸步难行。看来，她得给自己改头换面，来个旧貌换新颜。

可这整容要花钱，还有丢性命之风险。她犹犹豫豫，踟蹰不前。

一日，她无聊得在街上闲逛，无意撞上了坐在自家门前摆摊的看相大师"五云神算"。大师口口声声要替

她看相，此高人在家门边，挂了副写着大大的黑白"相"字的招摇幡。

"姑娘，你这相若不改，今生虽有福有财，那也如龙卷风，来得快也去得快。"五云神算石破天惊，出言不凡。

Anna 一听，如雷灌耳，心神不安，心里不停地嘀咕：天啊，他怎么一下就打中了我的要害？我折腾了几年才找到那有福有财的工作，可好景不长，没干几年，就被炒了鱿鱼，虽免了牢狱之灾，可深受其辱；而那冒险弄来的钱，为买去美国的那张婚姻绿卡也将花去一半，那两万股票给母亲和弟弟换了套房，银行里的数字也只剩下个十几万，到美国后，顶多能撑个一年半。这钱真如他所说，来得快也去得快！

五云神算的话似磁铁，把 Anna 一下吸在了他门前的小凳上。她二话没说，正襟危坐，毕恭毕敬地竖起无延的耳朵，专心致志地聆听大师，指点迷津。

大师老花镜后的深邃双眼，眯成一线，仔细得端详着 Anna。这女子模样奇丑、衣着光鲜，定是个衣食无忧、精神抑郁之人。只要拿捏得当，掐算对路，今天的摆摊工钱就有了着落，这看相的费用，她一定会出手阔绰。想到这，他精神大振，抑扬顿挫，掷地有声地朗朗张口说："你天庭中正宽又平，本来富贵又聪明，只因地阁兀削短，就怕今生空自忙。"相师这番以她相貌的结论，令 Anna 愈发诚惶诚恐，她下意思地摸了摸短凹的下巴，正想向大师询问破解之法。

大师却摇头晃脑，津津乐道地点评起她其他的部位来："你山根塌陷，一生劳碌，难得贵人相助，婚姻二字如烟如雾，就怕淫欲无度，最终落得个克己克夫。"

"哎哎哎，等等，等等，我的命怎会差到这等地步？" Anna 终于按捺不住，打断了大师的卖弄，这相命的越说越令她恐怖。看来，这相不看不知道，一看吓一跳。如今，她对命多差已不感兴趣，在乎的是大师如何给她破解之法。

可五云神算正在兴头上。话要说得狠，命才相得准；打蛇打七寸，方能将它毙命。如此一来，她才不惜血本来求破解之法。"不急，我这还没算完你的鼻，此乃关系到你一生的财运。"

"得、得、得，有话就说，别磨磨蹭蹭给我卖关子。" Anna 一脸焦急地催促道。

"你鼻孔朝天，财富如烟，哪怕有万贯家财，也一朝散尽不复来……"

"够了，够了，你说的有几分准，既然你能算，也就能补救，对吧？" Anna 急切地问道，不大不小的单皮豆角眼开始骨碌骨碌地转，心里的算盘拨得噼哩啪啦的响。

　　大师止住摇晃的脑袋，目光直直地盯着 Anna，掂量掂量她愿出的价码："有是有，但这关系着你终身福禄富贵之法，可不是免费赠送的哦。"五云神算伸着手，双眼直勾勾地望着她。

　　"给你，多谢。"Anna 把五元人民币往他的小茶几上一拍，立起身，掉头就走，撂下个五云神算坐在那如坠云雾，搞不清东西南北，心中惊呼：靠，怎么没算到她这一着？

　　五云看相师给她算的命，终于鼓足了她的勇气，除去了她的顾虑。"既然这相貌不仅关系着我的模样，还维系着我一生的命运，看来非得花上一笔钱，去过整容关。"

　　Anna 下定决心，上整容医院，把自己来了个全套翻新。

爱与貌

　　男女之间或同性恋之间的所谓性爱，百分之九十基于像貌上。美貌促使人生爱，爱牵出情，情最终的目的为性。至于能否达到最终目的，就看各人的造化。故人类才会有一见钟情而私定终身之美谈，才会有倾城倾国而左右历史的美女之传奇，才会有当今趋之若鹜而席卷全球的整容之"风潮"。

Anna 也不落后，紧跟时代，试图将自己的命运由自己操控，靠整容来改变自己的命运。

一个阳光明媚的早上，Peter 吃完早饭，心情复杂地开着车来到加州的某个机场，迎接结婚已两年有半的"妻子"Anna 姑娘。

他又喜又愁，喜得是：Anna 一来到美国，他便和移民局预约。两人呆上半个月后，他便领着她去当面核实，人和文件一核实无误，她就如期领到了永久居民的那张粉红色"绿卡"，就得向他兑付那三万美金的"假结婚买绿卡"的"期票"。过后，他俩大路朝天，各走一边，谁也不欠谁。有了这笔钱，加上这些年的存款，他就有了首付，去买那栋早已看中的两层楼靓屋，在实现"美国梦"的大道上迈出了第一步。

愁的是：Anna 不是省油的灯，他怕自己难以对付。她一来美国，也许就翻手为云覆手为雨，恶意违约，对那最后的欠款拒不兑付，何况，这买卖只是口头协议，无凭无据，他怎能使她遵守君子协定？纵然在去移民局之前，他可迫使她交上大部分欠款，但那其余的数额有可能就成了水中月、镜中花，永远见不到它。

　　而一想到要与她呆上两星期，他胃中的东东就往喉咙上涌。万一她对自己死搅蛮缠，爱你没商量，他该怎么办？这只"苍蝇"准会叫他吃了难消化。若他宁死不从，她反咬一口，向警方告他"家庭暴力"，这到手的钱财打了水漂，他还有可能尝尝坐牢的味道。

　　他越想越纠结，似老鼠钻风箱，越钻越见不到光。他满脸愁云惨雾，在机场的 Arrival 出口处，企盼着"财神"，又害怕见"瘟神"，脖子一会儿伸伸，一会儿缩缩，心里打着边鼓，双手互相磨搓。等了一个多小时，也不见"财神"兼"瘟神"的出现。莫非她误了航班？还是丑得进不了海关？他正要转身去询问处咨询，一女子高喊他的名字，冲他笑意盈盈。这女子靓丽得令他自惭形秽，他慌忙得转头四处张望。他颇有自知知明，对美女从不敢奢望，因自己的口袋没那份量。

　　"Peter，是我，Anna，你的老婆。"Anna 婷婷玉立在他的面前，这"人肉炸弹"把他炸得头晕目眩。他怎能相信，眼前这位大美人就是昔日那丑陋的 Anna。他使劲得摇了摇头，搓了搓眼，再次往四下里看，以为这声音来自另一个地方。

　　"我早就料到你认不出我来的。"Anna 将 Peter 抱了抱，心里得意得大笑：看来我这手术还做得不错，这小子惊呆的眼神说明了整容的效果。

Peter 情不自禁得将 Anna 紧紧得搂住，似乎在白日里梦游，一切均是幻觉，Anna 这一说，他才恍然大悟，赶忙问道："你整容了？"

"是啊，为了你，我冒着生命危险上了手术台。你看怎么样？还满意吗？" Anna 略启唇膏似血的檀口，款款地说道。

Peter 认出那久违的兔牙，才肯定了自己的判断。两颗大门牙也因小巧的假下巴，此时变得似翁美玲的兔齿，别有一番格调，令他直想用口把它们罩住。

Anna 越发得意，挣脱 Peter 的怀抱，展开领口低开，腰身紧缩的粉绿色连衣裙裙摆，来了个三百六十度的巴蕾，丰满的"双峰"，在薄如蝉翼的衣服下若隐若现、颤颤巍巍。

Peter 的一对眼珠，似被两根无形的木偶绳，栓在了上面。他两眼迷离，魂不守舍，恨不能立马投入那令他痴迷的温柔世界。

Anna 转动着如雕刻过的双眼皮丹凤眼，秋波莹莹，转盼多情地嗔道；"快带我回家。"继而，小心地捏捏山根高耸的鼻梁，摸摸秀气小巧、笔直的准头；仿佛检查一下那人造鼻梁是否依然安好。

Peter 宛然三个月未闻肉味，立即在她那脂粉浓厚，

上宽下窄，线条分明，呈椎子形的脸庞上轻轻一啄，推上行李车，拉着"老婆"的手，往停车场走。

两人似新婚夫妇，脸上荡漾着无边的幸福。往日那个山根塌陷，鼻孔朝天，兔牙暴凸，下巴短阙的Anna，在Peter的记忆里已荡然无存。可见美色这颗"糖衣炮弹"，其呈现的威力难以想像，令对旧Anna不屑一顾的Peter，立马拜倒在新Anna的石榴裙下，甘愿为其做牛做马。

两人一回到Peter在别人地下室租的家，Peter迫不急待得扔下行李，一把抱住她，甜言蜜语道："老婆，现在你来到了美国，我终于可以放心地和你结婚，做真夫妻了。从此以后，就不要再天各一方，日思夜想。"

"不急，来日方长。等领到绿卡再举行婚礼，然后，才正式入洞房。"Anna习惯地扬起下巴，居高临下地说道，尽管她心中急切地想和Peter登阳台，上巫山，颠鸾倒凤，云雨一番，但一想到Peter过去对她的羞辱，和那付出的三万，她顿时温柔尽失，怒火满腔。

"有仇不报非君子！如今我不叫你把吃进去的给老娘吐出来，我就不性刁。"她肚子里打着小九九。况且，今非昔比，她这丑小鸭已换全了天鹅的羽毛，在她的眼里，可怜的Peter，已由白马变成了癞蛤蟆。

Peter也不是傻瓜，立即想到那未兑付的三万"期票"，钱比"云雨"重要。如今是三十年河东，三十年河西，Anna 由劣转优，他只好甘拜下风。于是，他小心翼翼，低声下气："那你想怎麽样？"

"我非常爱你，真得想和你厮守一辈子，只想知道你是不是真心实意。"Anna 脱去衣裙，露出三点一线的比基尼，仿佛是个脱衣舞女，摆上撩人的姿势，惹得 Peter 欲火难耐，涎水三尺。

他不由得心里喊道：只要此刻能和你上床，云雨一番，你就是不付我那三万，我也会勾消那笔旧账。只要你实至名归，那三万刀，迟早也性我 Peter 赵。"那太好了，我也是这意思，咱们就别再等了，春宵一刻值千金，别再浪费这宝贵的光阴。"说完，他一把扑上去，把 Anna 抱上床，立马就要进"洞房"。

Anna 半推半就，为这一刻，她虽已熬了两年半，但为了那六万美金，她的真情已消失殆尽，就似她那包装的皮囊，令人眼花撩乱，难以辩别真相。她故作娇柔，假装妩媚，搔手弄姿，万般作态，将 Peter 的欲火煽得更旺，恨不能一口将其吞下。他宛然只飞蛾，不顾一切地朝 Anna 这团"欲火"扑去。

Peter 才刚登"阳台"，Anna 突然叫喊"止步"，娇滴滴地道::"老公，你真的爱我？"

"我都这样了，还会假？老婆，别再多舌，赶紧来干正经活。"心急火燎的 Peter 用嘴去堵她的血口。

"我怎能相信呢？你现在想得到我，什么不会说？等你玩腻了就一脚踢开我，我不是要鸡飞蛋打，上吊找不到绳索？"Anna 将他轻轻地推开，手指戳着他的前额说。

"我怎么会呢？你没整容前，我同意娶你，这整容后，我怎么会舍得你这么个大美人？好了，好了，别折磨我……"此刻，Peter 就似警察面前的吸毒鬼，对着眼前的毒品，毒瘾大发，只要能得到那毒品，哪怕警察叫他舔粪，他也会一口把粪吃下。

"我迟早是你的，但你先得给我真实的名份，我才能百分之百归你 Peter。"她边说边递上几个秋波，把 Peter 从身上使劲推开，一骨碌地爬起，从包里拿出一张纸笺，拿到 Peter 的面前，嗲声嗲气道："老公，既然你真爱我，我们是真结婚，那我们假结婚的买卖就一笔勾销，对吧？你如果同意，就在这上面签个字。这样，我就把自己彻底地交给你。"

Peter 被浴火烧得失去了上半截的思维，整个身心似无头的苍蝇，茫茫然地跟着下半截的感觉走。他拿过那寥寥数行的纸笺，看也没多看，大笔一挥，在上面画了几个鸭蛋。

Anna 如获至宝，小心得把纸条折叠好，藏进秘码箱，锁上后，才安然上床，与 Peter 老公名符其实地圆了房，结束了近三十年的处女生涯，着着实实地享受了"巫山云雨"的快感，来这世上没枉为女人一场。

钱与情

钱与情，孰重孰轻，当局者迷，旁观者清。至于人间真情知多少，只有钱知道。

Peter 的情欲似活火山内的熔岩，在体表层平静之时，被埋在内心深处翻腾，如今，经 Anna 这个包装尤物的刺激、碰撞，冲破体表，喷然而发，令他蚀心软骨，灵魂出窍，下半身体验了从未有过的快感。等高潮过后，他那躁动的体内，迅速回归平静。

他下半身一歇息，上半截的脑袋似乎受到某种刺激，从休眠中复活，开始了工作，还未等 Anna 从初次的性爱激情中回过神来，立即想起了他签的那张纸条。

"哎，老婆，你刚才叫我签得是什么东西？"他略显不安地问道。

"老公，你问那个干嘛？"双眼迷离的 Anna 搂着 Peter 的脖子，不以为然。

"那纸条好像很重要，我刚才没看清楚就签了，觉得不大对劲。让我再看看好吗？"Peter 柔声地哄道。

"那纸条只是我们的爱情誓言，也是你给我的保证。没什么大不了的事嘛，你干嘛那么认真？老……公……你真是的。老公，老公，我爱你，就像老鼠爱大米……"Anna 边说边吻着 Peter，Peter 的大脑渐渐地由下体取代，上半截跟着 Anna 的指挥棒转，醉生梦死地消融在她的温柔乡，稀里胡涂就过了半个月时光，不知不觉地就得去见移民官。

核实完后，Anna 因领到了那张朝思暮想的永久居住证，激动万分，心中高呼：我胜利了，自由了，成功了。这整容的钱没白花。从此，我的人生道路上将铺满鲜花。我这朵迟开的花，怎能在 Peter 这没出息的牛粪上安家？

一出移民局，她一反往日的温柔，脸上的表情立即由夏转冬，黑着脸向 Peter 伸出手："Peter，把那三万美金退还给我。"

"你说什么？"满脸喜色的 Peter 仿佛挨了一闷棍，

不知其所云。

"你和我是真的结婚。真结婚就不能收钱，对吧？以前，我付你三万是假结婚。现在你我成了真夫妻，而你是我的第一个男人，是我的丈夫，因此，你必须把那三万美金还给我。"Anna 一脸的严肃，声调的凛冽令 Peter 不寒而栗，心儿直打哆嗦。

他犹如被蝎子蜇了一下，一把甩开 Anna 缠着的手臂，破口大骂："你…你这八婆……我还没向你要那剩下的三万，你倒好，猪八戒倒打一耙，竟向我要起钱来。你还讲不讲理？"

"我哪不讲理啦？你才是猪八戒呢！你怎能拿了我的钱又占我这个人？吃尽了便宜还想占理？"Anna 叱牙裂嘴，横眉怒目，那副怒相使 Peter 想起了她昔日的丑模样。

两人骂着上车，吵着上路，你来我往，针尖对麦芒，互不相让。最后，Anna 从包里拿出杀手锏——Peter 签的那张所谓的保证书，举在他的面前："你看看，这上面写得是什么？你亲自同意签字的。"

"我，Peter 赵，同意取消先前的假结婚口头协议，与 Anna 真结婚，不收 Anna 一分钱。同意把先前收的三万美金，一分不少退还给她，并与她白头携老，不离不

弃，特此保证。Peter。签名。某年某月某日。"

Peter 一看，肺差点气炸，他伸手去抢保证书，Anna立即避开，把纸张折叠好，藏进手包。

这一抢一避，Peter 的方向盘失去了控制，撞上了右手边的一辆凌志。

一见出事，两人的吵嚷声戛然而止。Peter 一见是自己出错，立即拨正方向盘，猛踩油门，加速就溜，试图逃避车祸的罪过。没想到几辆车前后将他围堵，他只好在路边惺惺然停下，等被撞的凌志跟上。

Peter 知道躲不过，只好向对方真诚认错，一看对方也是唐人，便好言好语，低声下气道："对不起，刚才我们在车里吵架，不小心把你的车碰了。能不能别报保险，我们私了？"

"既然大家都是唐人，那就好说好说。我们先去估个价，看看价钱如何。"凌志的车主王山建议着。

于是大家跟着王山（我们的客人），来到我们车厂，我才有幸认识了这对真假夫妻，爱恨冤家，巧悉他们的啼笑姻缘，偶遇这一荒唐的婚姻"奇葩"。

Anna 在我办公室一落座，两只眼睛似车轱辘不停得转，宛然个机器人，搜寻着所有的信息资料，由大脑分析筛选，得出所需的数据，加以充分利用，短短的几分钟，把我的个人信息几乎摄取去一半。"你这孩子是混血儿，这么说，你嫁了个鬼佬。你在这一定做了很久，老板看起来像你的打工仔……"

她观察敏锐，判断也不失精确，令我颇感惊诧。我只好报以无言的微笑。

Peter 神情沮丧，满脸一筹莫展。这婆娘简直是个丧门星，他那清白的驾驶记录被她一纸搅黄，还得赔人家修车的钱款。他先前的判断果然没错，这女人为了钱翻脸不认人，半个月的柔情蜜意转眼成烟，一领到绿卡就向他要钱，那整过容的外貌依然遮不住她昔日的丑陋。还是尽早和她分道扬镳，免得吃不了兜着走，至于那三万刀得想法子从她兜里掏，掏不出，就自认打水漂。

"这车祸是谁的错？"我一边在电脑上打修车估价，一边随意地问道。

"是我的错，不，是她的错。都是她，这昧良心的八婆，一拿到绿卡就和我吵架，害我不小心，碰坏了王生的车尾巴。"Peter 怒火顿起，不顾在场的陌生人，出言不逊，把 Anna 的颜面扫尽。

"你睁眼说瞎话，自己车技差，反过来怪人家。谁说我昧良心？你一个男人家，说话不算话。"Anna 岂容他羞辱，当即跳起，愤起反驳，一声高过一声，试图把

Peter 的气焰压下。

我和王山四目相对，不胜惊讶。这对男女，看上去摸样还挺匹配，甚为和谐的一对，可为这车祸，不顾场合，相互攻击，真不失为绣花的枕头——草一包。

"别吵，别吵，有话慢慢说。又没出人命，只是个Bumper（汽车保险杆），没什么大不了的。你出钱把它修好就行了。我也就不去报你的保险。没事，没事，咱们都是唐人。"好好先生的王山，受不了如此的吵闹，息事宁人地劝道。

"我和老板说说，尽量给你优惠，换这个 bumper，就收你八百。如同意，在这估价单上签字，不同意，你们找保险处理。"我接过王山的话，试图将这两人的愤怒转化。

Peter 接过估价单，想了想，愁眉苦脸地说道："我眼下没钱，他怎能修车？"随即，转向 Anna，怒气冲冲道："这是你的过，你出。"

"笑话！关我什么事？你把握方向盘，你撞人，上哪里去说，都得你出。"Anna 翻翻眼白，不屑一顾。

眼看两人的骂战又硝烟四起，我敢忙压住："这样吧，你若同意这个价，同意赔王生修车的钱，就先在这上面签个字，然后再去筹钱，有了钱，再通知王生拿车

来修。"

"这样也行，回去再跟你算账。"Peter 狠狠地盯了 Anna 一眼，在估价上一划，签下了大名。这场闹剧才暂且收场。

次日，Anna 突然独自出现在我的车场，打扮得花枝招展，前胸几乎无遮无拦，向全世界开放。我以为她送钱来，了结撞车的麻烦。可她一开口，让我大眼瞪小眼："Rona，请你帮个忙，我要和那挨千刀的 Peter 赵离婚，彻底了断！"

白男 VS 国男

（鬼佬 VS 唐人）

古人云：宁拆一座庙，不毁一桩婚。可见，在神圣的婚姻面前，佛祖和菩萨们都要让位，我这么个渺小的俗人，怎能去冒天下之大不韪？

更何况面对的只是昨天一面之交的半个客户，也不知她是何方神圣。于是，我赶忙先采取"维稳"手法，

一边让座，一边泡茶，扯东扯西，脑中寻思着如何应急。"你怎么自己来了？你开车来还是坐车来……"可这维稳之举却碰上了石壁，Anna 仿佛没听见我的问话，直奔主题。

"Rona，我看你的英语没问题，再说，你来美已有不少时日，一定精通此地的法律和规矩，能不能帮我写个诉状，起诉我丈夫，Peter 赵，他这天打雷劈的骗子，扑街的魔鬼，我要和他离婚！"屁股一落座的 Anna，边用纸巾拭鼻涕边哭诉着，仿佛受了天大的委屈，黑黑的眼晕盖不住那双喷火的眼睛。

看来 Anna 的火头来势凶猛，我想当然地劝道："就为了那修车的几百块钱闹离婚？没这个必要吧？"人说清官难断家务事，我这个修车的纵然能把撞得面目全非的汽车还原，也不可能去修补那清官都难对付的婚姻裂痕，还是尽早脱身为好。

"岂止那八百，他还向我要三万。"一提到钱，Anna 的火候如同被浇上了一桶油，猛地往上冒，也不管我听不听，一股脑儿得向我倾倒。

"当初他和我假结婚，人家出五万，我出六万……"她似乎忘了我是个陌生人，也不顾这牵涉着不可告人的秘密和那有损脸面的隐私，管他三七二十一，从当年如

何受人欺，到如何靠个人奋斗，在上市公司指点江山，激扬文字，与老板娘平起平坐，到最终获得巨额收入，引身而退，斗败老板娘，扬眉又吐气，用钱铺了来美的路等非凡经历，添油加醋，比兴夸张，眉飞色舞，尽情叙述，就连那整容的秘密，也不惜全盘透露。

"当初他嫌我丑，不肯和我真结婚，要我的钱，我甘愿，没话说，如今，我整容变漂亮了，他就占了我整个身，还想要我的钱，这怎么说得过？再说，他在我们做爱之前也签了这份协议，同意不收钱。可昨天和我吵了一个晚上，不肯退钱，还要我付其余的三万。我只好和他离婚，这种男人真没长劲，我一天都没法和他过。"说着，她从包里掏出那张协议，仿佛我是法官，凭着这小小的证据，就会判 Peter 赔她那三万。

听完她的故事，我不禁对她刮目相看，心生好奇。原以为自己的经历颇为曲折，可与她那充满戏剧性的传奇一比，简直是小巫撞上了大巫，我结舌张目。

一股猎奇的冲动油然而生，我便对她的过去刨根问底："你得对我实话实说，我才帮你，要不届时你和 Peter 对簿公堂时，法官发现你撒谎，你不仅大有麻烦，还有可能被剥夺绿卡，逐出美国。"

这诱供的话语吓得她黑黑的双眼睁了闭，闭了又睁，眼白儿直往上翻，两只兔牙不由得紧咬着下巴，寻思着该怎样回答。沉吟了片刻后，她转了转眼珠，小心地擦了擦鼻子，由哭转笑，吞吞吐吐："Rona，其实，我是一时糊涂……我和 Peter 其实很相爱的，只是……我们一时吵嘴，才想和他离婚的。人家说……我现在已经有正式绿卡了，我和他离了婚，几年后，我就可以自己申请公民，对吧？"

"话是这么说，可你才刚来美国，就和他离婚，这有以婚姻骗绿卡之嫌，那是非常严重的犯罪，轻则被剥夺绿卡，驱逐出境，重则被判刑坐牢。你得三思而后行。"我本想多套点她的秘密，不料歪打正着，打消了她离婚的念头。

"谢谢你，Rona，你这么一说，倒救了我。我就听你的，不离婚了。"她一下站起，边说边往外溜，仿佛我是阎王，会将她把命索。

她的言行举止如此突兀，我的思维跟不上她的脚步。我心里直纳闷：她怎么来似一阵风，去似一缕烟，说哭就哭，说笑就笑，一会儿执意离婚，一会儿此念头云散烟消，拔脚就溜。这女人真让人捉磨不透。我被搅昏了的头刚清醒，Peter 又兴冲冲地跑来。他交了八百块修车的钱，拿了收条，却在车厂里西蹭东溜，和老板聊了不久，又折回办公室我这头，对着我，心事重重，欲说还休。

　　"你放心，这收条上已写明你交了修车的钱，再说，上次给你的估价单上，王山先生也签了字，只要你交了钱，修好他的车，他就不会再找你的麻烦。"我拿出往日的热情，百般安慰，不失耐心。

　　"这修车的事，我不担心，担心的是……咳，算了，不麻烦你了。"他说着，转身欲走。

　　"是担心和你老婆 Anna 的事吗？她刚才来过。"我忍不住把窗户纸捅破。

　　"你怎么知道？她刚才来这？"Peter 瞪大双眼，仿佛耳朵听错。

　　"Peter，一回生，二回熟，有什么为难事，尽管说，我能帮的我会尽力去做。"我试图打开他的心结，将他难言的苦衷来排解。

　　"Rona，不瞒你说，我这老婆真不好对付。昨天让你们看笑话了。咳…起初，若不是为了钱，我才不会上她这条贼船。如今，她变了，我开始真的爱她了，她就来和我闹。这女人真不是盏省油的灯。"他满脸愁怅，不知该如何说。停了片刻，他掏出皮夹里他和 Anna 在中国的结婚照。"你看看，当初要不是那几万美金，我

怎么会和她结婚？"

我接过一看，才想起了 Anna 告诉我的那五云神算给她算的命卦。果不其然，她丑得丑出了名堂。而那整容师真是鬼斧神工，把如此副尊容修剪得这般模样。难怪在 Peter 那儿，如今她是烫手的山芋，吃不下，又不舍得丢。

"大不了，你不退她钱，她也别再要，分居六个月，从此分手。你走你的阳光道，她走她的独木桥。"我直接了当，不想绕弯弯。

"她都告诉你了？"Peter 愈发惊讶，半天合不拢口。

"她想和你离婚，但被我歪嘴和尚打消了她的念头。如今，主动权在你这，你自己看着办。"我俨然个婚姻调解人，替他解愁分忧，随意出谋。

"那太好了，Rona。其实，我还是很爱她的。我不想离婚。谢谢你，以后再联系。"Peter 宛若走出迷宫，一身轻松。

本以为这对错配鸳鸯，从此无风无浪，平平安安，为实现美国梦共同开创。没想到，五个多月后，Anna 又来突袭，这次的伴侣不是 Peter，却是个五十岁左右，高高瘦瘦，头顶烁亮、衣着讲究的白男"鬼佬"。

Anna 依旧浓妆艳抹，一身妖魅，笑声中夹带点放

荡，当初的那点儿矜持已随风刮进了太平洋。

"Rona，让我来介绍一下，这是我的男友兼未婚夫James。This is my Chinese good friend Rona." 她半中文半英语地介绍着，举止颇为夸张。

"你看这人怎样？他有房，还有近十万年收入的联邦政府工作，无儿无女，出手阔绰，哪像那个 Peter，鼻屎当盐巴吃！"说着，一脸的恶心样。"瞧，这条钻石项链，是 James 送给我的生日礼物。"她目光闪着钻石的亮光。

她看我对那钻石项链反应平淡，又滔滔不绝地大发感慨："人们不是说美国是天堂吗？在我看啊，天堂是为鬼佬设的。所以，要享受天堂的幸福，就得跟鬼佬一起生活，才不白来美国，跟你一样，对吧？鬼佬就是不一样，说话总是柔声细语，他叫我不是'甜心'就是'宝贝'多甜密啊。哪像那个 Peter，一开口就跟吵架似的，真是精神虐待。而且无论去哪儿，干什么，James 都是'ladies first'。这才体现了我在他心目中的地位嘛，哪像那个 Peter…哎，什么时候，我带你回我现在的住家去看看，这个家可有气派，够品味的了。那才叫有档次的生活。哪像 Peter 那个……"

"Peter 和你离婚了？"在她那些反复不停的比较

和"哪像那个 Peter"的诉落声中，我惊愕地问道？这女人真不简单！此方未唱罢，彼方已登场。

"正在办呢。Peter 刚开始不肯，他对我态度也有所转变。他说只要我和他过一辈子，他会把所有的钱都还我，还给我买房买屋。可就凭他端盘子挣的那点儿工资，我要等到何年何月？跟他只能一辈子受穷。所以，我还是要和他离婚。他不同意，我就整天和他闹，最后，他只好向法院递交了离婚书，省了我不少钱财和麻烦。只是我那三万美金成了肉包子打狗，一去不返，便宜了Peter 这只疯狗。"不屑的口中充满了刻薄。

"Nice to meet you。"我和朝我笑着的 James 打了个招呼，好奇地转向 Anna，"那你怎么和他……?

"我在 Safeway 超市上结识了 James。正好，从 Peter家直接搬进他家，我已在他家住了两个多月，等我一领到离婚书，我们就结婚。到时我想请你给我当伴娘。怎么样？一言为定！"她仿佛是在下达命令，也不想听听我的反应。

"Sweetheart，Rona is going be my bride maid . let's go."说着，她拉起一声未吭的 James，钻进了崭新的 BMW，说走就走，撂下我这丈二和尚，两眼茫然，不知如何去当这莫名其妙的"伴娘"。

鱼与熊掌

时光荏苒，转眼又过了三个多月，Anna 这"闪电之母"突然来电："Rona，请你现在立马到 city hall（市政厅）来一下。我需要你当证婚人。不好意思，请你快点，法官半小时后就给我们举行婚礼。千万别迟到哦。谢了。"

我还没来得及回答，电话已"嘟…嘟……"地挂断。我只好向老板请了个假，去当这没头没脑的伴娘。

一身银装素裹，脸上依旧浓装艳抹的 Anna，高昂着骄傲的头颅，仿佛整个世界已在她脚下。

挽着她手臂的 James，笑意与幸福，从脸上的道道皱纹里，不断溢出。

我恭祝完他们，法官就为他们举行婚礼仪式。

正当 Anna 笑意盈盈，含情脉脉地望着James，回应法官："I do."时，一旁参加另一组婚礼的小女孩，指着James 对她母亲说："Mom, that must be the groom's dad. Where is the groom? "（妈妈，那一定是新郎的爸爸。

新郎在哪呀？）

　　小女孩母亲一听，慌不迭地用手捂住了女孩的小嘴，目光示意着她："shut up!"（闭嘴）可小女孩清脆的声音，字字似珠玑，传进了在场的每个人耳里。热闹的场面，从夏至的高温，顿时降至寒冬腊月里的冰点。

　　James 的幸福笑意被冰在了消瘦的脸上，显得僵硬而刻板。

　　Anna 的冷傲，在众人齐刷刷、热辣辣的目光下，似刚出冰柜的冰淇淋，发生了极其微妙的变化。

　　"Congratulations。Mrs.and Mr.Brown"（祝贺你们，布朗太太，布朗先生。）久经沙场的法官仿佛没听见小姑娘的刺耳评论，热情真诚地祝福着这对新人，结束了他们由热到冷的幸福婚礼旅程。

　　走出市政厅，Anna 仿佛刚参加完葬礼，满脸凝重，一声不吭。本就话语不多的 James，也收起笑容。Anna 把手从 James 的臂膀里轻轻地抽回，走到我身边，似只蟒蛇，缠上我的肩头。

　　"祝你们新婚美满，幸福甜蜜。对不起，我得赶回去上班。再见。"我借 Anna 之术，急于金蝉脱壳，想转身就走。

　　"Rona，好事做到底，你得陪我们上餐馆去庆贺我们的婚礼。我只有你这个朋友了，求你了。你这一走，我这饭怎么吃？"她说着，两行眼泪就似变魔术般的，瞬间滚落下那涂满厚厚脂粉的脸颊。

小女孩的话语，如同杯冰冷的苦瓜汁，搅浑了两人的幸福甜蜜。有了这杯"苦瓜汁"佐料，这顿饭料想难以咽下。我的目光尽量避开她的眼泪，婉转得谢绝，转身告辞，背着身子说"拜拜"。

概于缘分所致，半年后，Anna 这传奇人物，驾着辆崭新的 Honda Civic 又出现在我们车厂。

"Rona，真倒霉，我这崭新的车昨天被人撞了。他要我估个价再报保险。"Anna 人未出车，声已先行，话音刚落，似朵人造蔷薇，从车里"绽放"而出。

打扮摩登的 Anna，浓妆盛服，粉红色低开胸连衣裙上，套了件紧身米色皮夹克，高跟的长统皮靴直通膝盖，一头乌黑的秀发，由光离子烫得似钢丝弹簧，由头上弹到腰下；身上散发出浓浓的香水味，朝我扑鼻而来，刺得我直想打喷嚏，我不禁纳闷，James 怎经得起这般刺激？

我老板的双眼一经刺激，双脚不由自主地向她靠去，向来深锁的双眉，顿时，平平舒展，拉长的瘦脸堆满了笑意，一听说她的新车被撞，立马献上百般的殷勤，

绕着汽车，找被撞坏的痕迹。发现左边门被撞，不停地用手抚摸，仿佛那车是 Anna 本人，他那怜香惜玉之情尽显无遗。

这时，从车里钻出一个白男。我定睛一看，以为老花眼来临，那高高瘦瘦，头凸额皱的 James，已摇身一变，成了俊朗迷人的"Brad Pitt"（布莱德·皮特，好莱坞的巨星）。

全身细胞挥洒着得意之色的 Anna，拉起男伴的手，冲着张嘴无言的我高声嚷道："Rona，this is my new boyfriend，Fred."（这是我的新任男友）

我和 Fred 互相"Nice to meet you."之后，Anna 没等我问，就滔滔不绝地解答了我满脸的疑惑。

原来，她和 James 婚礼完毕，离开市政厅后，小姑娘的话语似魔咒，紧紧地缠住她那精算师的脑袋。她便习惯性地进行了加减乘除，左推右算，掂量得失，权衡利弊。最终得出结论：和这老头，一周只能做一次爱，一个月只有四次半，一年只有五十二次，十年只有五百二十次……而这次数随着年数的递增而递减，十年后，他那玩艺儿能否硬起来还是个未知数……天啊，若和同龄人结婚，这五百二十次，一年就凑齐……她越想越心酸，越想越凄凉，仿佛已看见自己那孤寂空对月，愁苦

泪沾裳的悲惨结局。

"Rona，你想想，我每天都想做爱，可他一周来两次，就连散步都没劲。我这不是活守寡吗？我的人生才刚开始，怎能当他的陪葬？"她言之凿凿，不容辩驳。

"难不成你们又离婚了？"我的惊愕加上层困惑。

"婚礼完，我和他吃午餐时，我想到自己的前景，泪就不停地流。James 看我那伤心的样子，知道我为何流泪，当下给了我一张两万美金的支票，说是给我补尝。午饭后，就和我到市政厅 Null（解除、作废）我们的婚姻。说实在的，Rona，多谢那小女孩的话，让我及时清醒，跳出了那婚姻的坟墓。用他给的钱买了这辆新车。"Anna 如获新生，满脸喜悦。

"……"我惊愕得半天无话可说。

该嫁谁？

"想必你对这位新男友是称心如意了。"惊愕过后，我调侃道。

　　"那自然。我们在床上，那真叫如鱼得水。Fred 强壮如牛，和我简直就是天作之合。如果 Fred 和我马上结婚，我就立即替他生个漂亮的混血儿。"Anna 的脸上几乎写着"性福"的字样。

　　"你怎么认识他的？"我那刨跟问底的毛病又发作。

　　"这嘛，你可别笑我，我是付了些钱，参加了个男女联谊派对。在派对上，他和我一拍即合。只是，我们已认识半年有多，他有房有财产，另加高收入的工作，可就是不肯和我结婚。他说，他刚和一个俄国女人离婚，付了十万元的分手费，才保住了他的房产。他怕我再去分他的房子，所以不肯和我结婚。"说到这，Anna 颇感愁怅。

　　"你如果真心爱他，就和他签个 prenup（婚前协议），让他对你放心。"我故作聪明，替她出谋划策。

　　"那怎么行？"坐着的 Anna 立即跳将而起，"这样，不就说明你太不把自己当回事了？他怕亏钱，亏房子，那我的时间，我的青春，我的美貌，我的情感，谁来补偿？"她边说，边搬着手指数落。

　　坐在一旁的 Fred 好奇地看着情绪激动的 Anna，然后把询问的目光转向我。

　　"Do you love Anna？"我只好找话题应对他的目光。

"Of course ．" Fred 充满柔情地望望 Anna，毋庸置疑地答道。

"Why don't you get married with her？"（那你为何不和她结婚呢？）我顺势问道。

"Why do we have to get married？ We've just stayed together for five months."（我们干嘛非得结婚？我们在一起才五个月。）Fred 不以为然地反问我。

"Her husband married her after he met her for seven days ．"（她丈夫认识她七天后就娶了她）Anna 指着我，不失时机地插了进来。

"They are they，we are we. You can not force me to go to the marriage altar with a gun."（他们是他们，我们是我们。你不能用枪逼着我上婚姻圣坛）Fred 似笑非笑地答道。

"他说什么？"这位情场上的常胜将军突然茫然地问我。

我不知她是故意装着没听懂这句话的意思，还是真的没听懂，就把话直接翻译给她。

"那也没人用枪逼着你跟我上床啊？"Anna 冲着 Fred 用中文嚷道，眼翻着白，嘴直往上撇。

"What？ Why can't you speak English？"（什么？你干嘛不讲英语？）Fred 甚是困惑。

"Anna，他要是不和你结婚，你该怎麽办？"我竟然杞人忧天。

"那有什么关系，我后面的候选人一大摞。明天，我把二号候选人带来给你瞧瞧，替我参考参考。"

接下来的日子里，Anna就似旋转舞台上的主持人，不停地向我这观众，介绍着她的候选佳宾。佳宾中有白人，香港人，台湾人，大陆人，南韩人，日本人……可组成个联合国。

每次"佳宾"谢幕之后，她都打电话来询问我的点评。

"你觉得这个四川人怎么样？"还未等我开口，她马上自我点评道："他在Holiday Inn旅馆里当大堂经理，人也不错，对我真是温柔体贴、照顾周到。特别是他煮的那麻辣水煮鱼，真让我舍不得把他选掉。"她的声调中都透出水煮鱼那诱人的味道。

"那你就嫁给'水煮鱼'呗。"我调侃着。

"那不行，他现在还和人家合租个apartment。他要有房子我就嫁给他。"她的语气变了个调。

"你和他结婚后，可以一起赚钱买房啊？"我试图推她一把。

"那你得多奋斗十年呢。人生有几个十年？你说嘛，James不怕我分他的财产，出手又大方，可他已近黄昏，跟他，人没死，心先凉。如今是，我想嫁的，人家不想娶，不想嫁的，老跟在你屁股后转。"她的思路仿佛被栓在了房子上，在择偶的迷雾里失去了方向。

"婚姻不能只看房子，还是选个对你真心实意，能一起过日子的人。"我郑重得发表评论。

"其实，你说的也有道理。我也心急，只是这么多人中不知怎么选。是嫁给自己唐人好呢，还是嫁给鬼佬好。嫁给唐人嘛，没语言障碍，吵起架来也痛快，吃饭时，一双筷子就解决了问题。可我遇见的这些唐人总是没男人的气魄，有些心眼又小，跟 Peter 一样，没劲，那个'水煮鱼'虽然不错，可总还是有点寒酸，将来也不会有什么展望。嫁给鬼佬吗，总是鸡同鸭讲，连日常生活都很难合拍，你吃热的，他非得吃冰的，还谈什么一辈子。嫁给有房子的嘛，大都可当我的叔，床上的功夫也难过硬；嫁给年轻的嘛，得从地下室里开始拼，不知何日见光明，真烦……"她那择偶的理论一套又一套，可没一套能对上她的号。

在筛选的过程中，"佳宾"们不是被她选掉，就是自动退出她的舞台。围着她转的只剩那么几个。她也极为巧妙地和他们一边周旋，一边打太极拳。

Anna 为了弥补自己耗在 Fred 身上的时间、青春、

美貌和情感，把 Fred 骗到梅西商场，刷了他四千多美金的信用卡，买了一对钻石耳环。而后，两人的耳朵里充斥着争吵的噪音，并把噪音带到了我的车厂。

"我今天终于放了他的血。"Anna 一见我，兴奋地嚷道，仿佛她终于在和 Fred 之间的得失争斗中赢得了最终的胜利。

我看看全身完好，帅气十足的 Fred，一头的雾水。"你没伤了他吧？"我愚蠢地问道。

"哈哈哈，Rona，你真逗，我是指叫他出钱替我买东西。瞧——"她指了指耳朵上的钻石耳环，继续得意道："你猜这对耳环多少钱？"

我望着在一旁阴沉着脸，一声不吭的 Fred，默然地摇摇头。心想：难怪 Fred 不想和你结婚。

"这人小器到家了，我和 James 才呆了五个月，他不仅包我吃住，给我买我想要的东西，分手时，还给我两万块。可这傢伙，从来都给我搞什么该死的 Go dutch（各付各的账），今天才刷了他四千五美金，他就像是替他爹妈哭丧一样，太没风度了……"她那两颗虎牙随着她那无休止的诉落，几乎要蹦出嘴巴。

"你不是说，'西人比唐人更大方，更具男人味吗？'"我顺便提醒她，别自打嘴巴。

"那是，西人小器也小器得得体，明着给你说；而唐人小器还要绕弯弯，顾面子，装出幅大方的样子。"她似乎总有理。

我摇摇头，不想浪费口舌，把目光收回到电脑上，转移了话提，尽量给她暗示，别损 Fred 的自尊，最后，似送瘟神般的把她打发走了。

八年后，我搬了家，在家附近的商场，又巧遇到这位精算师"美女"。

"Rona，你怎么会在这里？"一声熟悉的兴奋和惊讶传进耳里。

我循声望去，久违的身影映入眼帘，那生硬刻板的美丽面容已显得憔悴萎靡，露出残花败柳的痕迹。

"是你啊，Anna，怎么一个人？"习惯于看她成双成对的我突兀地问道。

"别提了，我呀，如今小姑独处，自由快活。"她话说的轻松，可脸上却显出无奈和落寞。

"你还没结婚？"我既关切又好奇。

"还没呢。跟 Fred 谈了一年，可他就是不和我结婚。我只好和他拜拜。那个'水煮鱼'等不及了，他说我脚踩两条船，一气之下，跟别人结婚去了。后来认识了几个，都要我签那什么该死的婚前协议。这一拖就拖到现

在。"她说话的语调已失去了当年的铿锵，昔日的自信也伴随着逝去的容颜，消失于无情的岁月沧桑里。

"不过，我现在还有两个候选人……正好你来替我参谋参谋。""候选"两个字从她的嘴里吐出来时，已有点变了味道。我想：你现在是在等别人选吧。

"一个是中餐馆的老板。他人不错，待我很好，有房有生意，可保证我下半辈子的生活。但我对他难产生那种"性"趣，你知道，幸福幸福，有了"性"，才有福。没性的婚姻只能是活遭罪。我每次跟他一起就觉得委屈自己……"她打住话头，希望我给予参谋，看我沉默，便又自话自说："另一个，是我公司的同事，他能让我次次达高潮，可这人寅吃卯粮，paycheck by paycheck，这鬼佬只活在今天，不管明天。我怎能把自己的一生托付给他？咳，Rona，你说我跟唐人和鬼佬都结过婚，也离了婚。又谈过好几个，他们的滋味我也都尝过，味道都不一样。现在呀，还真不知该嫁谁。"

我不知要如何安慰她，也知道自己的建议只能随风过，白说，只好拍拍其肩膀，沉吟片刻道："Anna 同志，求偶尚未成功，你得继续努力。"

第四章

【 性格与命运 】

......

　　"骑士"们听到我的喊声,立即停止了战斗。他们看见睡眼惺忪,衣衫不整的 Mike 时,恍然大悟,突然意识到自己被耍了,一个向 Mike 冲来,另一个则朝楼上的"孔雀"破口大骂。Dick 却坐在草地上捂着被打伤的眼睛痛哭。

......

时过境迁

九十年代后期，随着改革开放的深入，祖国的人们口袋大鼓，腰杆子硬了，说话的声音大了，出手的阔绰，也另人刮目相看了。时不时，一群群西装革履、衣冠楚楚的同胞们，从那些豪华的旅游巴士里鱼惯而下，举起相机，满风景区里拍下"本公（本娘）到此一游"的永恒靓照，令我这当年"洋插队"、凄凄惨惨来美的前辈，不由得感叹：雄关漫道真如铁，而今迈步从头越。看来，我又被拉下了一大截。

不少洋人对我这黄皮肤黑眼睛的"东亚病女"的态度，来了个一百八十度的转弯。去西人餐馆时，我和一些亲人好友不会再等上半天，或被引到后面角落的桌子。

去看那些待售房时，listing（卖方）地产经纪一看到我，立即满脸堆笑，从头到尾，在房子里给我导游一遍，还把我视为拎着一皮箱百元钞票，对那些百万豪宅，眼不眨，心不跳，一笔到位，拍案成交的第一号买主。我一张嘴谈到要贷款时，他（她）马上拿出一张贷款经纪的名片，叫我和那贷款经纪去联系，他（她）的热情接待到此结束，除非我能拿出 preapproved（预先批准通过）的银行贷款信件，否则就叫我坐冷板凳。

因为沾了祖国和平崛起，国强民富的光，我和老公也顺利买下了一幢四房三浴的大房，多了些向朋友、同事吹牛时卖弄的资本，自己的头上，仿佛也闪耀着富人们的光环。待把房子向所有的同事、朋友展览完毕，我突然感到这偌大的房子，就住个一家三口，似乎显得空空荡荡，四间房只用两间，既浪费了资源，打扫起来又白耗了体力。银行的 mortgage（贷款）账单一来，打开一看，我便开始替自己喊冤叫屈：为何自己跟自己过不去？花钱来当房子的奴隶？

于是，绞尽脑汁，挖空心思，想着怎样才能让这空置的房间充满活力，创造财富，来解放自己。

人的智慧是无穷的，尤其是当你钻到钱眼里去的时候。再秉承祖辈集思广议之道：三个臭皮匠，凑成一个诸葛亮。因此，我把老公和十一岁刚到美国才两年的大儿子召集到饭厅，集中老少和中美的智囊，出谋划策，各出主意，把那两间不生钱"蛋"的"石头木板鸡"激

活成现金流的"印钞机"。

经过几小时三嘴三舌的热烈讨论，和怒目圆睁的激烈辩论，一家三口终于达成共识：把两间房出租，不许租给那些有家小的，不许租给没身份的，不许租给……只能租给留学生，最好是女留学生。

决策一定，雷厉风行。我马上叫儿子合力打扫庭院房间，老公却指手划脚，当起了第一把手。

那时，只能上报纸登广告，电脑租赁的网页还不盛行，更何况那时的电脑似尊菩萨，只能供在家里，不能随身携带，不似如今，大家上 internet 比上超市还方便。

我只好抱着电话黄页本，找那些报纸登广告。电话联系后，发觉还是中国人的报纸广告收费合理。于是，我制定了广告的内容和要求，将这两间"石头鸡"，激活成了待租的"金母鸡"，把它们推上了市场。

没想到，一石激起千层浪，这"石头鸡"竟给我这平静的港湾掀起了层层波澜。

我家位于离市区较近偏好的城区，好多部公交车的停靠站就在离家几步路远，或一个街口之遥，二十四小时不停地转；而家里成员是中美合并，黄白相间，中美文化融为一体，这硬件和软件都颇具竞争力。

广告出后的当天，家里的电话就不间断地响起，从

里面飘来如春风般温暖的国语，或夹带着亲切母语口音的英语，来电者纷纷预约要看房。

我心里不禁纳闷：当今的国门何以如此松懈，出来留学的似雨后春笋，一夜之间，遍地皆是？是否祖国的计划生育政策出了问题，才开始将国门似大坝一样，开闸放人？想当初，我辈们为了申请个护照，因没有海外关系，又家徒四壁，没有过五关斩六将，也去了半身皮，审批再审批。能幸运跳出的，那岂是鲤鱼跃龙门，麻雀成凤凰，简直就是孙悟空，汲天地之精华，集千年之造化，才从国门里一蹦而出。

看来几年没回去，祖国的变化确实是日新月异，翻天覆地。否则，精于算计的美国佬也不会对"无利可图的东亚病夫们"敞开大门，大量接纳。也许是东风压倒西风，东方沉睡的狮子，在东风的吹拂下，终于从长长的冬眠中醒来，仰天一声吼，让美帝纸老虎抖三抖。这东风一刮过太平洋，便给我送来了发财致富的商机，为我还银行的贷款助一臂之力，将我这房奴解救于水深火热之中。

想到这，我发自内心地哼起了：五星红旗迎风飘扬，革命歌声多么响亮，歌唱我们亲爱的祖国，从此走向繁荣富强……我一边唱，一边喜孜孜地准备着迎接祖国来的财神。

第二天，就有十多位同胞来按门铃：从十六、七岁由父母护送的，到已过而立之年的硕士、博士或什么也不是的学语言的留学生，个个对我家这两只"金鸡"爱不释手，恨不得立马搬进这"金鸡"窝，自己也能摇身一变，镀上一层厚厚的金而身价百倍。

经过海关似的盘查之后，我把他们的资料——记下，个个比较，反复推敲，仔细琢磨，远远超出当年做论文的认真态度。

盘查的结果发现，这些同胞们个个货真价实，都是有学校有银行账号的留学生。他们对租金的价格不像以往在其他买卖场合的国人那样，一开口还不知价钱是多少，马上就要求便宜便宜，而是二价不议，只求马上入住。

其中一位三十不到的北京女和一双大眼会说话的上海姑娘，凭她们见多识广，视租屋场如战场那独到的敏锐嗅觉，嗅出了这里边竞争激烈的硝烟味，便把我拉到一旁，叽叽咕咕，悄声耳语，一个每月愿多加五十元的租金，而另一个愿付水电费。

她们的主动提议及时地省去了我那伤脑筋的筛选程序。我即刻拍板，这两只"金鸡"非她们莫属。

北京女名叫妙丽。想过去，她父母定是之乎者也的读书之辈，才给她取了个如此绝妙的名字。她也没辜负父母的期望，出落得身材苗条，纤细娇小，文雅俊秀，玲珑剔透；秀丽的瓜子脸上一对杏眸，清澈幽然，秋波荡漾，未曾开口，秋波频递，叫须眉酥心软骨，令巾帼相形见拙；谈笑时，下颔微倾，纤手遮樱口，笑声如大珠小珠落玉盘，青脆明亮，余音绕梁；一口京腔，令我等南腔北调者，不知不觉地鹦武学舌，画蛇添足，不该卷舌的字后，统统加上个"儿"。

据她的简历和自述，她既是移民又来读书。她的丈夫在中国挣钱，让妻子先来过个语言关，打下基础，他才回国与她共创未来。看得出，这一对夫妇，脚踏实地又高瞻远瞩，挣钱求学两不误。

上海女，芳名小嫒。她从上到下，模特儿气十足；十里洋场，非凡气度；一开口，阿拉、伊拉、侬；一挥手，让我没了底气。她的一切衣着用物，全可和国际明牌接轨；对那些时髦的名牌衣服，如数家珍，圈圈点点，令我大眼瞪小眼。她秉承前辈在商场社交中叱咤风云的胆识，展现了当代祖国开放窗口里年轻人具有的谋略，带上在家炒股挣下的第一桶金，独身来美打拼。她先在语言学校里混混，然后冲向社会，大显身手，挣个钵满盆满。

她俩一个似画眉，一个如孔雀，叽叽喳喳，热热闹闹，搬进我家。

妙丽搬来时，大箱小箱，衣什杂物十几件。她上飞机时一定付了许多运行李的冤枉钱。也难怪，来安家落户，最好样样齐全。

小媛入住时，两个行李箱和一包杂物，轻装上阵，干净利落，无牵无挂。

当天的晚饭，妙丽说是口重，要辣要咸；小媛要求饭菜轻淡，为的是养颜，可苦了我这"巧媳妇"，难以两成全。故立马归定：各吃各煮，我不包吃只包住，退还每人一百五。

说也奇怪，对我献上的免费饭菜，无论是咸是淡，两人齐声称赞。

只是"画眉"开始抱怨"孔雀"：过于张扬，铜臭味十足，缺乏教养。

"孔雀"却数落"画眉"：自以为是，拿文化当晃子，招摇惑众。

我只能往耳里塞上棉球，装聋作哑，互不得罪。

老公被"画眉"的秋波电得头晕目眩，揪准机会，百般献媚；对"孔雀"社交名媛的气质佩服得五体投地，不时地主动替她出谋划策，寻找商机。

儿子也收起童心，提前发育，常在她俩面前扯动扯西，对她们的关注，胜过对我这生他育他的妈咪。

我对老公的蠢蠢欲动加以警告：最好别滋生任何念

头，若是敢吃"窝边草"，我将把她们扫地出门，再和你上法庭，让你鸡飞蛋打，偷鸡不成反施一把米。因我知道老公视钱财如命根子。

老公便信誓旦旦：你尽管放心，我对这些"花儿"眼观手不动，那租金和你才是我的最爱。

看来统一战线坚固，我不必为后院担忧。至于儿子的过早发育，这也未尝不是件好事，只要多加引导，他可以从她们身上学到书本上不曾有的知识。

一到晚上，越洋的电话铃声不断。不是那卷舌绕口的京腔，就是伊拉、阿拉、侬侬。

一天，我拿起铃声急促的电话，电话里传来个老头的声音，说是找妙丽。

"妙丽，你父亲找你。"我自以为是地高声朝她房间嚷嚷。

"您好，哦，是局长啊，您好吗？我现在已在美国。您是怎么找到我的？哦……那您有何吩咐？"妙丽接过电话后娓娓动听道，满脸的妩媚冲着电话绽放。说着说着，娓娓动听的话语成了窃窃私语，尔后变成"燕儿呢喃"。

放下话筒，妙丽那妩媚的笑脸立刻显得心事重重，对我欲言又止，甚是伤恼。

刚才还眉开眼笑，怎么转眼就忧心忡忡？这通电话定有蹊跷。

"怎么？出什么事啦？让你柳眉紧锁？"我这好管闲事的嘴巴又打起了哈哈。

她那机灵的目光审视着我，仿佛要弄清楚，我这爱打哈哈的嘴巴，是否能守口如瓶。迟疑片刻，她也许更关注的是要我帮她排忧解难。于是，她拉着我的手，走进她的房间，一关上门，慌忙说道："那老色鬼竟然追到美国来了。若娜，我该怎么办？"

色、权、钱交易

"哪个老色鬼。从哪追来？"我甚是好奇。但为了显示出自己无所畏惧，大有兵来将挡，水来土掩，勇斗老和尚那白娘子的气概，便给她吃起了定心丸："不用怕，这是美国，没人敢拿你怎么样。"

"刚才打电话来的是国内南方某大城市的城建局长。命运之神跟我了开了个极其丑陋的玩笑，把我和这比父亲还老的傢伙穿在了一起。"她秀丽的脸庞黯然神伤，将心中那难言的苦衷细说慢讲。

为不打断她的叙述，我给嘴巴系上拉链，把耳朵里的杂物清理干净，脑袋里的记忆库，也自动地敞开了大门，把她的故事一一记录。

她生在七十年代的北京城，长在改革开放的旗帜下，从小受着身为中学教师父母的严加管教，胡萝卜加大棒时常侍候，为使她能出落得似名门闺秀。

人都说棍棒底下出孝子（孝女），对妙丽则不然。棍棒炼就了她一身的叛逆，父母指东，她偏往西。父母要她报考师范学院，将来可以继承他们为人师表的育人事业，她偏爱上了画画，去学那些不成体统的艺术。

毕业出来，凭藉她那伶牙利齿，模样俊秀，得天独厚的优越条件，在几十人的竞争中，她脱颖而出，成了一家颇有名气画廊里的解说。

一年后，她这沉鱼落雁、闭月羞花的窈窕淑女，就被大她十几岁，得利于"近水楼台"的老板，金屋藏娇，纳为小妾，直到其正式夫人另攀高枝，她才名正言顺地转了正。

一登堂入室，小妾的待遇转眼既逝。

丈夫深知其"祸水"的厉害，为阻止这"祸水"流入社会，给自己带来灭顶之灾，便对她严加看管，开启了二十四小时的跟踪机制，命手下人轮番监视，把妙丽这"祸水"堵在家门内。丈夫没能精通大禹祖先的治水之

道："堵"不能解决问题，而"疏通，引导"方能见成效。

妙丽这小小的一潭"祸水"，积"怨雨""恨河"于一身，久而久之，化成滔滔的"祸洪"，倾刻之间，铺天盖地，把丈夫冲得人仰马翻。

一天，一位中央知名报社的付社长光顾本画廊。她使出潘金莲的招数，抛出上百道秋波，献上千般的娇媚，惹得丈夫忍无可忍，挥手在她脸上烙下五个指纹。这五个指纹引来了付社长的关切，惹起了他怜香惜玉的情愫，威协她丈夫：若敢再动妙丽一指头，就让他的家暴丑闻见诸报端，送他进牢房。和她进行了肉体的交流之后，他发给妙丽一张记者证，派她驻南方著名开放城市，任长住记者。

妙丽有了付社长的撑腰，胆腺素分泌顿时通畅，冲着丈夫，拍着小小的胸脯，下起了战书："有胆的，就跟你老娘我，上法院走一趟。"

丈夫痛心自己的"祸水治理工程"毁于一旦，无可奈何，当天就到法院和她作了了断。

大获全胜的妙丽，似出笼的小鸟，得到了自由，为了显示自己的大度，她除了自己的衣服，没从丈夫那拿走任何一物。

展开自由的翅膀，她飘飘然，从北方飞向南方，带着对新生活的向往。

怀揣着亮丽的记者证,她犹如一只麻雀,摇身跃上了枝头,披上了色彩斑斓的羽毛,成为人人追捧的艳丽凤凰。

她天生就有凤凰的潜质,只是在麻雀窝里磨去了锐气。如今她找到了属于自己的天地,便翩翩起舞尽显风姿;游弋在上流社会,结交名流商贾,生活花天酒地,享尽了人间乐趣。

她为完成报社交给的一个任务,去采访了权霸一方的城建局长,为他对本城建设所作的贡献,添油加醋,赞扬一番。她把文章直接寄给了报社付社长,文章便登上了著名报纸的专栏。局长名声飞扬,被晋升为下一届市长的培养对象。

于是,他对妙丽的魅力刮目相看,专程登门拜访。为表达他的谢意,局长向她献上致富之计,大笔一挥,批给她一个炙手可热的开发项目。

在局长的指点下,她把开发项目转给了其他商人承包,承包商次日就以酬谢为由,往她的银行账号里,打入了她做梦也不敢想像的一笔存款。她以为银行出了技术性故障,要求他们立即查明真相。银行叫她和付款人联系,承包商却由局长来解释账目的来往。

局长把她带到饭店的包箱,对她进行的思想教育是如此得耐心细致、语重心长:"妙丽呀,为了贯彻落实小平同志'让一部分人先富起来'的英明政策，我们得做个带头人。小平同志的'先富政策'中没有明文归定是张三，李四先富啊，还是王麻子，孙六子先富。要是你不先富，我不先富，那谁先富啊？毛主席也说了：'革命不是请客吃饭，不是做文章'。因此，不要客客气气，不需温良恭俭让。要是你让过来，我让过去，这'先富'政策到什么时候才得以贯彻执行啊？"

局长真不愧为局长，这一通理论诠释，让妙丽那不开窍的脑袋终于豁然开朗。没想到邓小平的"先富"政策如此公平伟大，让她这穷小女子也能一夜之间脱贫暴富，而致富之路竟在饭局、酒杯和谈笑风声中开拓。这么说，父母教给的"书中自有黄金屋"的生财之道，只能在课堂里忽悠，与社会挂不上勾。

不久，她的银行账号里零的数字，随着局长批给她的开发项目增加而不断飚升。她那出生于小户人家的心依然忐忑不安。局长对她进行了更深层的教育："人有多大胆，银行户头里就会有多大款。"

在局长的栽培下，她的胆量不断壮大，很快就适应了这种快捷的致富之路所带来的幸福，对银行里迅速增加的零数，也觉得理所当然，受之无愧。她那与时俱进的小脑袋学识不断见长。香港一回归，她就把钱转到了那里的中行，以实际行动，欢迎回到祖国怀抱的香港。

局长对她父亲般的关怀，使她感激不尽，崇敬无比，她和局长的关系也层层升级：从陪他上卡拉 OK，到大小宴会，车前马后，脱鞋解衣，铺床盖被，她稀里糊涂就成了这位"老牛"局长的小秘。老色鬼吃上她这"嫩草"，仿佛吃了太上老君的仙丹，红光满面，神采奕奕，越吃越想吃，越吃越能吃，越吃越爱吃，似吸毒上了瘾，令他欲罢不能。

这不，他竟越洋过海，追踪而来。说是来看在美落户的儿子，可他的儿子远在东部，在这西部，他无亲无故。

"岂有此理！那老傢伙真是色胆包天。"听到此，我忍无可忍，脱口而出。国内如此的贪腐内幕真是惊世骇俗（也许是对我这孤陋寡闻者而言）。

继而，我斜着眼看着眼前的这个尤物：你贪财，他贪色，钉对钉，卯对卯，你自愿上他的套，你也不是什么好鸟。

妙丽似乎读懂了我那斜视目光里的含意，赶忙辩解说："我根本不知道那老傢伙会打我的主意，更没想到他会对我如此着迷。本以为我嫁了人就会断了他的念头，他却仗着权势，捏着我受承包商佣金的把柄，对我有恃无恐，变本加厉。若娜，你不知道，我一和他上床，心中就像吃下无数只苍蝇蟑螂，只想呕吐。"她说完就

往卫生间跑去。可想而知，那滋味可是名副其实的"吃不了兜着走"。

她这么一折腾，我的胃也翻滚不已，深呼吸几下后，胃镇静了，可心又不由得可怜起她。自古红颜多薄命，古人说得不错。

但话又说回来，她也根本没亏，倒还赚了一大笔。按她透露：她至少在美国上四年大学的钱不用愁。没有五十万美金，至少也有三十万。这城建局长的情妇价可不菲呀！

而且，她那脑子也够机灵，这钱财一到手，脚底便生风，溜得忒快，逃到了国外，安全离岸。这个女人——不寻常！

只可怜了那些每天起早摸黑，在建筑工地上添砖加瓦的同胞兄弟，他们的汗水盖起了高楼，可高楼的美景却让这些蛀虫们享受，我不禁感慨万千：多灾多难的祖国啊，还能经得起这些蛀虫们噬咬多久？

"若娜，吾回来了。"外边房间"孔雀"的叫唤打断了我的遐想。

"饭和麻婆豆腐，宫堡鸡丁放在饭桌上，侬把伊拉放在微波炉里热一下就行。"我边用现买现卖的上海话说道，边走了出来。

"好勒，虾虾（谢谢）侬。"今天的"孔雀"，又是一身亮丽的时装。她每天早出晚归，在外面似一匹脱缰之马，四处狂奔，对本城的大街小巷，了如指掌：哪个地方的人流量最多，哪条街上的点心店最红火，哪个店的时装品牌最畅销，哪些人的生意最好做……就那些专门的 survey 机构做的普查也不如她的精确。

"侬今天又有什么收获？"我话音刚落，她房里就溜出个小伙，金发碧眼，仿佛在哪儿见过。没错，很像广告里的某个名模。

"吾给侬介绍介绍。"说着，她大方地拉着那小伙子对我说："格是 Mike，阿拉男友加司机。"说完，她揽着他的腰摆起了姿势。那白人也趁势对她那美丽的小嘴儿啄了一下。

我搓了搓眼睛，怀疑自己老眼昏花，或失去了记忆。昨晚送她回来的分明是 Dick，今天的跟班怎么就变成了 Mike？这男友替换的速度怎么跟她那些时髦的衣着一样，时常更新，不停变换？那头还没来得及卸装，这头便粉墨登场，真叫我眼花缭乱。看来我这脑袋的更新不能再停留在与时俱进的水平上，必须做到与分俱进，与秒俱进，否则难以跟上这些姑娘们的步伐。

"Nice to meet you？"我这句话已不知是对她第几任男友说了。细算算，她来我家四个多月，带回来的男友肤色有白的、黄的、黑白相间、白里透红的；头发有

长的、短的、红的、黑的、黄的、棕色的、多的、和无几根的；身材有高的、矮的、胖的、瘦的，不下一打，多得足可以组建联合国友好和平纵队。

"小媛，你的交际能力就连克林顿总统的夫人希拉莉也比不上呀。"我一边和 Mike 握手，一边恭维着她。

"侬说的一点不错，这世上只有阿拉爱和啥宁（谁）交往，没有啥宁想和阿拉交往滴。"她骄傲得撅起小嘴，那神情，仿佛是武则天再世，慈禧现身。

"普天下的女子能活出你这等风范，那真不枉来世一遭。"我夸道，心里却开始替她捏一把汗。难道那些男人个个都吃素？我不禁打了个问号。

趁她忙着晚饭的事，我折回妙丽的房间，去看看妙丽是否无恙。

妙丽是何种女人，对我并不重要，重要的是，她是我的房客。如今得知她的底细，我可以不用为她交不起房租而犯愁。为此，我那几分钟前，还忧祖国忧同胞的爱国情愫，转身被置之脑后。请主饶恕我这罪人的自私自利。再说，我这穷者也只能"独善其身。"

"妙丽，你没事吧？"望着她那苍白如纸的脸，我关切地问道。

"没事。谢谢你。"她一边用毛巾擦着嘴，一边漠然地说。

"那老傢伙想拿你怎样？"我打破沙锅问到底。

"他说：他从我丈夫那获得我这儿的住址，要来这儿看我，还要我陪他去赌城拉斯维加斯玩一星期。"她厌恶地说道，仿佛真得吞下了一只苍蝇。

"那你打算怎样？"我穷追不舍。

"我不知道。"她一脸的懊丧，急得眼里的泪珠儿直翻滚。

"这有什么好急的？不想去就甭去呗。直给他说，别再来缠你，不就得了。"我简直不明白，她那聪明的脑袋，怎么会被这么件小事给难住。

"你有所不知，我丈夫这个周末也从中国回来。因为，下星期，他得和我去移民局，为我的有条件绿卡转正面试呢。若是他知道我和那老傢伙的关系，那我将全完了。"她说着说着，眼泪就顺着那苍白的脸颊往下流。

"癞蛤蟆"的纠缠

"就为那绿卡吗？"我不屑地问道。心想：把一张绿卡看得如此重要大可不必。大不了东山再起，凭你的

条件和本事，你有的是机遇。

"不，是为了我的婚姻。"她哽咽着。"我是真的爱我的丈夫。"她动情地补上一句。

"真的？"她若也会有真情，那岂不是猪也会上树，狗嘴也能吐出象牙？也许是我狗眼看人低了。

此刻，她在我的眼里，平添出一个蜡像馆里的雕塑，假亦真，真亦假，分不出哪个是真的她。

"不骗你，若娜，我真的爱我的丈夫，我从没有这种感觉。我丈夫给我的爱，才让我懂得了人世间的美好。"她为了表明心迹，便把她和现任丈夫从相识到相爱的经历一一陈述。

两年多前，她在一个中外合资企业召开的记者招待会上，认识了现任的丈夫。他任那家合资企业的人事部经理。因她那一口动听的标准国语，她在众多的南方记者中鹤立鸡群，立即引起了他的注目。

他风度翩翩，举止文雅。中等高度，满头卷发，四十刚过，单身一人，无牵无挂。招待会后的杯光交影中，他要拜她为师，学标准的普通话。

她受宠若惊，满心欢喜。与此同时，她提出语言交换：他教她英语，她回教国语。交易达成，付诸实施。

语言是人类交流的工具，更是助爱情小船乘风破浪的风帆。他两很快就堕入了情网，驶向爱的港湾，下船登岸，不到几个月，他们就携手走进婚姻的殿堂。她有生以来感受到真情真爱，人生的意义才真正向她开展。她决心金盆洗手，把自己龌龊的过去，统统埋入海底，一切重新开始。

蜜月一过，她跟着丈夫来到美国，游览他的家乡，拜见自己的公婆，补办了美式的婚礼。

他家乡在中西部，虽是个不起眼的小乡镇，但几百户人家和睦相处，让她领略了人世间的温馨和质朴。为了她的绿卡，她不得已和丈夫分离，在百无聊赖中度过了六个月后，丈夫终于飞回美国，帮她过了面试关，领到了临时绿卡。她便和丈夫一同飞回中国，夫唱妇随，享受上苍赐给她这人间真正的幸福。

正当她泡在爱的蜂蜜里，细细品味着这婚姻的甜蜜时，那老色鬼的魔手又掐住了她的咽喉。

在市里给外资企业拜年的团拜会上，被她抛到九霄云外的城建局长，突然出现在她的面前。如今的他已加官进爵，升至本市的付市长，分管外资企业和涉外事物。

趁妙丽一人时，老色鬼拦住她，眯着蛤蟆眼说道："妙丽呀，你结婚成家这么大的事，也不知会你陈叔一声（妙丽在私下和他的交往中称他为陈叔），而且，一

下就展翅高飞，飞到美国去了，害得陈叔满世界找你，连个影子也没找着。你就这样报答你的陈叔啊？"

望着面若桃花，比以往更加娇艳的妙丽，他那酒囊饭袋里的淫欲不断发酵，要不是有碍于那熙熙攘攘的人群，他会马上掀开画皮，露出"老牛魔王"的卢山真面目，把妙丽这棵鲜美的"嫩草"大啃特啃一通，"滋补滋补"。

呆若木鸡的妙丽，霎时没了主意。这老色鬼的突然出现，乱了她的方寸。但那色迷迷的眼睛，让她猛然惊醒，那不堪回首的过去，似一张无形的蜘蛛网向她铺天盖地扑来，难以躲避，令她恨不得有孙悟空的隐身术，能遁形而去，逃往天涯海角之地。

"对不起，陈叔。这一切发生得太快了，连我自己都不知是怎么回事。"她搜肠刮肚，思忖着如何应付。

"你不是在躲避我吧？不过，既然咱们还能相见，也说明我们缘还未尽。今晚能否到我们那小巢里去叙叙旧啊？"老傢伙迫不急待地提了出来，那双蛤蟆眼里的欲火拼命往外蹿。

"对不起，我要陪我丈夫。"她直截了当地加以拒绝。你这恶心的"癞蛤蟆"，别以为我还是以前那个初出茅庐的笨小丫，随你捏来揉去，任意摆布。如今，你就是给我金山银山，我也不希罕。

　　"从今往后，我不会再回那小巢，因为我已有了真正的家。"说完，她扭头就走。

　　"等等，你别自命清高，在我的地盘上，还没你说了算。你要是不按我说的去做，别说你那么个小小的'燕窝'，就是你那鬼佬丈夫的饭碗也别想端得稳妥。"他满是肥肉的脸，皮笑肉不笑地说。

　　妙丽一听，吓得六神无主。看来这"癞蛤蟆"要死缠烂打，若不从，自己难逃魔掌，心爱的夫君也跟着遭殃，一旦他把自己的事向丈夫抖露，自己的幸福便从此烟消云散，所有这一切也跟着完蛋。

　　眼中流着泪，心中淌着血，妙丽无可奈何，在丈夫和"癞蛤蟆"之间周旋玩火。

　　好在她命大福大造化大，在"钢丝绳上"走了半年多，保住了自己，丈夫的一切也顺利而过。她骗老色鬼，自己接受了新的任务，到别的地方短住。和丈夫商量，自己先走一步，远走高飞，到新世界里开创新的生活。当然，丈夫并不知，她这是为了远远地逃离这"癞蛤蟆"的纠缠。

　　"没想到，他还是不放过我。"说到这，她悲悲戚戚，泪眼汪汪，像《茶花女》里的玛格丽特，让人悲怜，令人哀叹。

　　看来这老色鬼是很难缠。他简直是色迷心窍，令人

作呕。但我就不信没有治他的办法。我不由得对这个贪官污吏，恨得咬牙切齿，心里便开始琢磨，用何治妖术，对付这老色魔。

"不用担心，既然你已决意告别过去，就不要顾虑多多，耶稣一定会喜欢你，就似喜欢那个弃邪归正的玛丽，他的爱会指引你度过难关。"我借此机会，向她把基督的教义传播，望这浪女回头，别再步入歧途，借助主耶稣的力量，去抗衡那老色鬼的魔杖。

第二天一大早，我上班出门口，发现一位矮矮胖胖、六十不到，西装裹着蛤蟆肚，黑色框边眼镜后，一对蛤蟆眼往外鼓的老傢伙，在门外晃来晃去。他见我开门，便凑过来问道："太太，你会说中文吧？"

"没错，我是中国人，请问，能帮您什么？"我只当他问路，漫不经心地回复。

"请问有个叫妙丽的女孩住在这吗？"他边说边仔细地看着手上的纸条。"这纸上的地址是这吗？"

"是啊，妙丽住在这儿。"我随口应道。

"那太好了！这叫着功夫不负有心人啊，我终于找到了！"他高兴地唾沫横飞，激动地把遮住蛤蟆眼的黑色框边眼镜拿了下来，用手巾纸擦着，鼓起的蛤蟆眼，像是一夜没睡，被欲望的火焰烧得通红，那堆满肥肉的脸上，正中凸起个肉团似的大蒜鼻，两个黑呼呼的鼻孔朝天开着，宛如稽私队的警犬，在四处嗅着妙丽身上散发出的特有芳香。

"您要找妙丽啊，真不巧，她已上学去了。她每天六点就要出门，赶去上学，到很晚才回来。你是她什么人？"我嘴巴问着，心中已猜出了八九。"癞蛤蟆"真的找上门来了！

"我是她的陈叔。从中国来商务考察，顺便来看看她。既然她不在，我就等她在家时再来吧。"他失望地说着，狡黠的目光朝门里望去。

"哦，你大老远地来看她，也真不容易，我若不是急着要上班，就请您进去坐坐。要不这样吧，把你住的地方的地址、和电话号码给我，她回来时，我转给她，叫她抽空去看您。"我满脸的热情似一把篝火，把他那满心的狐疑燃化。

"这样也好，那就谢谢你了。您贵性？""癞蛤蟆"弓着腰，点着头，满脸谄媚地问道，但那两个鼻孔却朝我身上嗅来，大概想嗅出我说的是否是实话。

我一边介绍着自己，一边尽量保持着热诚的微笑，手便不自觉得关上门，双脚朝他的反方向挪去，脑子飞快地转着，只想把他尽快撵走。

风水说：癫蛤蟆进屋绝非好兆头。圣经也记载，上帝降灾于埃及人时，就把青蛙请进他们的千家万户。青蛙至少还好过癫蛤蟆。

"癫蛤蟆"还算识趣，把他的电话留下后，挥挥粗短的手臂，不情愿地离去。

晚上，我把"癫蛤蟆"出现的事告诉妙丽。

"谢谢你把他给撵走了。可是他绝不会就此罢休。除非我现在搬走，可丈夫后天就要来了。我至少也得等他来了再一起搬走。"她转动着机灵的脑袋，展现出她非等闲之辈。

"可我突然搬出去，肯定会引起丈夫的怀疑，匆忙中还得到移民局去改地址。要是信件无法及时收到，耽误了移民局的事，那该如何是好。"她想来想去，越想越急。

"别心急，活人怎能被尿憋死？咱们齐心合力，想个法子来对付。再说，那老傢伙现在是在这美国，别忘了强龙斗不过地头蛇，他没什么好怕的。他再来找你，我们就报警，告他骚扰。"我毛遂自荐，替她出起了主意。

"不行，万一把他惹怒了，他回去肯定对我丈夫进行报复。"她杏眸一转，又想到后果。

"别想那么多，先把你的转正面试搞定再说。"我扮起了她的北斗星，为她指引光明之路。

"你说的也是，这几天就麻烦你替我把他挡住。若娜，真不好意思，给你无端地添事。"她说道，秀美的脸上掠过一丝歉意。

"没事，对我来说，不费吹灰之力。不过，你别客气，有事尽管告诉我。你住在我家，你的事跟我也有关系，因此，不用客气。"我尽显大方地说道。

"对了，我丈夫星期六早上到，他能在这住两天吗？等星期一我面试完后，我们就去看他父母。"她突然想到这事，提了出来。

"没关系，只是你那单人床没法睡两人啊。"我即刻吃起了后悔药，找借口推脱。如今的家成了国际旅馆且不说，还要上位成"友谊招待所"了。

"没事，他带有睡袋。两个晚上很快就过去了。这是他的主意。他会按旅馆的价钱付给你住宿费的。"她生怕我不同意。

"你误解我了。只要你们满意，我决不向他收费，就当招待朋友吧。那就这样定了。"我一说完，电话铃响起。

一听，是"癞蛤蟆"打来的。

"哦，陈先生，您好……妙丽打电话回来了，说今晚她学校有一个集会，要很晚才回来。她说了，等周末有空就去看您。您可别走开啊，她会打电话给您的。"为把他稳住，我只好借用先师孙子的兵法："瞒天过海"。

"噢，这样啊，那我就等她的电话了。"话筒的那

一头，传来既失望又期望的声音。

星期五晚上，老色鬼又来电话："喂，若太太，妙丽回来了吗？她今天为什么不给我打电话呢？"

从话筒里，我可以闻出从那头传来的火药味。"是吗？年轻人太贪玩了，竟把您给忘了。她回来时，我一定提醒她。"我尽量给他消火。"癞蛤蟆"呀，你想吃"天鹅肉"想疯了。

"哦……那…那…就谢谢你了。"他欲言又止，无可奈何地挂上了电话。

星期六早上，跟往常一样，我和去上班的老公一起出门，用我停在车库的车来占住他在家门外的公共停车处，这样，他晚上回来就有地方停车。

老公周六白天和周日三天的晚上，在一家大型超市当保安。他上班穿的制服类似警服，也就是冲着这身制服，他才不肯辞去这份工作。

我们一开门，就看见"癞蛤蟆"在门口探头探脑。

"What is this guy doing here? Do you know him？"（这人在这干嘛？你认识他吗？）丈夫转头问我。

"Yes，I know him。"（没错，我认识他。）我边答边迎过去。"陈先生，您早。"我依旧热情地问候。心想：无论如何得把这瘟神挡在门口。

"Hello，您好。"老公挥挥手，向"癞蛤蟆"卖弄他肚子里仅有的国语。

"癞蛤蟆"两眼紧盯着老公，仿佛老公会把他活活吞下，脸上那绷紧的肌肉直到老公离开后才放松。

"那警察来你家干什么？"他指着开车离去的老公问道，目光里流露出老狐狸的狡诈和警惕。

他这一问，立即暴露了他的痛脚，无形中给了我提示。

我灵机一动回答道："他是联邦调查局的，最近，他在调查一个经济案子，据说，跟中国政府有些联系。有些问题他来找妙丽问问。现在他去店里买包烟，说不准，还会回来。今天妙丽正好在家，你要不要进去坐坐？"我说完，请他进门。

"癞蛤蟆"一听，七魂没了六魄。那充满血色的脸，霎时发紫，仿佛身上的血，一下全冲到了脸上。两只粗短的腿打起哆嗦，他立即掉头退去。

"哦……不…不…不用了，我…我…还…有些事要办，以后再说吧。"他飞快地挪动着双腿，头也不回地朝公车停靠站冲去，只恨爹妈给他的腿太短了，不好使唤。

"那您就慢慢走好啊。"我挥着手朝他的背影喊道，心里痛快致极。没想到，我的"借题发挥"之计如此有效，把个老奸巨猾，死搅蛮缠的"癞蛤蟆"，蒙得不战自败，仓惶逃闯。

这时，一辆出租车在我面前悄然出现。一个满头卷发的白人从车里钻出。他看看我，又看看冲向公车停靠站的"癞蛤蟆"，对我说："想必您就是若娜，我是妙丽的先生，鲁本。您好。"他伸手和我热情地握了握。

我不由地倒吸口冷气。真险啊！"癞蛤蟆"和他刚好擦肩而过。

争风吃醋

幸好，有惊无险！

我回过神来，对鲁本说："欢迎您，鲁本先生。没想到您的普通话说得如此纯正，让我这中国人感到汗颜。看来，妙丽的教学水平堪称一流，而您也是语言高手"鲁本帅气的脸上，架着一幅金丝边眼镜，显得文质彬彬，匀称的身材，套着米黄色卡箕便衣和浅蓝色牛仔裤，看去充满活力。这哪像是四十岁的人？他跟妙丽简直是天仙配。难怪，他能把妙丽这"招蜂惹蝶"的"野花"移植进了"温室"，当起了室内"盆景"，让他独家观赏。

他那一口标准的国语，更让我瞠目结舌。在电话里，要不是妙丽最近向我透露，我总以为他是地道的北京人，或毕业于中央戏剧学院。我不由得心生嫉妒，怎么这天底下的男人都拜倒在妙丽的石榴裙下？她要风得风，要雨得雨，要财得财，要色得色，真可谓财色双收，一点不让须眉。

看来红颜随着时代的变迁，命运已由薄便厚。无怪乎，整容之风风靡全球。不管是丑、是美、是老、是少、是男、是女，人人争先恐后。丑的向美的看齐，美的更上高楼，少的面向未来，老的要还老返童，把造物主的安排抛之脑后，不惜一切代价，更无惧丧失性命，向那美的境界高歌挺进。

然而，人们无视美的平恒，在这物欲和肉欲横流的世界里，一昧地追逐着所谓的"气质、时尚、品味"，而内心却越来越丑陋、龌龊、贪婪、邪恶，造物主不得不以各种灾难，向世人们疾呼：人类啊，你已道德堕落，大难临头了！

我这人类的一分子，也无法置身其外，竟会对妙丽有这么个丈夫心生嫉妒。但嫉妒归嫉妒，客人来了还得接待，我赶忙帮鲁本搬行礼进屋。

"刚才那个人看上去很眼熟，您认识他？"鲁本冷

不丁地在我身后问起。

"您说的是谁呀？"我吃惊的打住脚步。

"那位急匆匆地跑去公车站的男人。"他说着，想看看我的反应。

"哦，您是说我那房客，他是来交租的。他已拖了半个多月没交租，这下怕我赶他，他才登门来交租。"我搪塞着，希望鲁本能接受这一善意的谎言。

一听到丈夫的声音，妙丽欣喜地飞出，两人旁若无人，磁铁般地粘在了一处。

"你们就好好地叙叙，我在我房里，有事就叫我。"尽管，心里很想从他俩那干柴烈火似的胶着中，取点"暖"，但我还是识相地躲进里屋。乘他俩卿卿我我之际，我开始把房子里里外外打扫清理。

把门外的人行道打扫完后，我便埋头替门前两边草地旁的郁金香拔草。拔着拔着，眼前亮出了一双棕色皮鞋，抬头一看，是前几天还被小媛亲热地称之为 sweetheart（甜心）的 Dick。他瘦高的个儿，细卷的红色长发随风飘曳，配着黑色皮夹克和牛仔裤，摇滚乐歌星的派头十足。

这几个月来，每个周末，我家就似联合国办事处，总要接待不知国籍，不知种族的来宾。他们共同的话题和同一口径就是："Is Yuan Yuan at home? When will she be at home?"（媛媛在家吗？她什么时候会在家？）。而小媛的门上总是贴着："人不在，别打扰"的字条。

"Rona, do you know where Yuan Yuan is?"（若娜，你知道媛媛在哪吗？）这位刚被小媛废黜的"sweetheart"问道，苍白的脸上写满了失恋的落漠。

"I don't know where she is. Well, she may be in the room, let me check."（我不知她在哪儿。不过，她也许在房间里，我去看看。）。我说完就进了屋，上了楼，发现楼梯口边小媛的房门上没有字条，便敲了几下门，叫道："小媛，侬在屋里吗？"

"哦，是若娜？吾在睡觉，有啥事哇？"里边传来小媛懒洋洋的声音，仔细听去，还伴随着浑厚的男性低语声。我心里不由地得"咯噔"一下，怎么，她把男人带回来过夜？也不和我通报一声？我家可不是"红楼"，更不是收容所。她搬进来住前，不是明文规定这屋里只能住一人吗？

我不由地怒火顿起，高声嚷道："小媛，侬屋里怎么还有客人哇？"

"侬说啥？"她反问我，但里边传来一阵慌乱声。

"没有客人呀，就吾自己。"她说着，穿着透明的睡衣,开了房门,而且故意把房门敞开着,一只手叉着腰,另一只手撑着门框,那铁板脸上的气势,仿佛在昭告天下,她的心胸是何等得坦荡,而我这房东却在无理取闹,侮辱她的人格。

"那是吾听错了,对不起。Dick在楼下,伊来找侬。侬让伊上来嚜?"我似个小媳妇,小心地赔不是,但心里却半信半疑。

"俄下去看看。"她不知是心中有鬼,使用调虎离山计,还是真的去关心Dick,立即关上房门,冲下楼去。

我也紧跟她下了楼,看她怎么把Dick支走。

一下楼,只见门前人行道上排着三个"骑士",看见小媛齐声招呼:"Hi, Yuan Yuan, 媛媛。"

三个年轻人中,除了Dick,另外两个陌生人,一高一矮,一个西装革履,另一个打扮得似西部牛仔,两人都气质非凡,全上得了镜头。

小媛一看傻了眼,不知该向谁问好。她转过身来对我说:"若娜,侬晓得滴,俄老早都只是跟伊拉白相白相,俄可不是伊拉啥宁的女朋友,俄现在不想跟伊拉白相,该咋办?"

"侬自己解决啊,侬不是说'这世上只有侬爱和啥宁交往,没有啥宁想和侬交往的'?现在,侬就对伊拉说:俄不爱和作傕交往,不就得了?侬若说不清楚,俄来帮侬翻译。"我有点幸灾乐祸道。

小媛急得愣在哪儿，拿不定主意。三个男人全拥了过来，想表明小媛爱得是自己。可一凑近，他们你推我，我推你，口里直嚷嚷，"She is mine girlfriend! She is mine! Not yours!"（她是我的女友！她是我的！不是你的！）。

这三个因爱而热血沸腾的青年们，为"特洛伊"城里的"海伦"，展开了争风吃醋的徒手战斗。战斗由推推搡搡、拉拉扯扯，到你来一耳光，他去一拳头。

我家风和日丽、一派和平景象的门前，霎时，变成了污言秽语，拳脚相向的战场。

小媛立即缩进门里，也不问问我是否带有钥匙，随手把门关上，尽失巾帼英雄本色。

我忘了带前门钥匙，还好车库的门没关上，赶紧退进车库，关上了车库门，急着上楼，去向警局通报：我家"特洛伊"城外战火爆发，只怕有生命损失，十万火急，特此求助。

正要拐进正门里边的楼道，却和 Mike 撞了个满怀。他可能想从车库的后门溜走，没想到，我却从去后门的必经之路转上楼。

"Hi, Rona, I am sorry. But, I…I have to go."（你好，若娜，对不起。但是，我…我得走了。）他边说边溜。

"Hei, Mike, wait a minute. Did you just wake up？"
（嘿，Mike，等会儿，你才刚醒吗？）我双目紧盯着这个金发碧眼的年轻人问道。

"Yes, I just woke up."（是啊，我刚醒）他揉着眼睛，不假思索地答道。

"Then, you slept over here last night？"（这么说，你昨晚在这儿过夜？）我紧逼着。

"Oh, yes, but no…yes, so what？"（噢，是的，但，没有啊……不错，在这过夜又怎么样？）他结吧着想否认，最终在我审视的目光下坦白后，理直气壮地反问我。

这小子偷溜到我家来和小媛鬼混一夜，还要如此派头！那好，就看看你在那些人的面前，有多大的能耐。

"This is my house, you are not allowed to come into this gate without my permission from now on. Now, get out from this gate, please."（这是我的房子，从今以后，没有我的允许，你不许走进这扇门。现在，请你从这扇大门出去。）我指着大门，客客气气地请着。堂堂的男子汉，岂能走旁门左道？

"No problem. I' ll go out through this gate, so what？"（没问题。我就从这大门出去，那又怎样？）他边说边拉开大门，挺胸昂首地跨出了门槛。

"Hei！you guys, stop fighting！This is Yuan Yuan' s real

boyfriend, you idiot！（嘿，小子们，别打了，这才是媛媛真正的男友，你们这些傻瓜！）我冲着那三个被爱情冲昏头脑，在我家草地上大打出手的"骑士"们大声喊道。

楼上那朵"花儿"安然无恙，而我家草地两旁可怜的红色郁金香，却无端遭殃。

"骑士"们听到我的喊声，立即停止了战斗。他们看见睡眼惺忪，衣衫不整的 Mike 时，恍然大悟，突然意识到自己被耍了，一个向 Mike 冲来，另一个则朝楼上的"孔雀"破口大骂。Dick 却坐在草地上捂着被打伤的眼睛痛哭。

此时，左右对面的邻居们，都站在各自的家门口，兴致勃勃地看着这免费而精彩的现实版肥皂剧。我只好冲着他们拼命摇头，为惊动了他们的大驾深表歉意。我一转过头来，就看见 Mike 被两个"骑士"打铁般地，这个一拳头，那个一耳光地锤炼着。他只有招架之功，无还手之力，再怎么也"so-what"不出来了。

我意识到这战火很快就要烧到自己，因为，是我把 Mike 推上了风口浪尖，万一闹出什么人命的事，我难辞其咎。

我正要返身上楼去打电话报警，两辆警车呼啸而来。大概哪个尊纪守法的邻居已替我操心了。

"花"的魅力

那两位攻击 Mike 的"骑士",一看到正规军(警察)到来,立即摆出"文士"的风度,伶牙俐齿,竭尽狡辩之能事,把自己和这场争风吃醋的大战拉开距离,撇清关系。而 Mike 对自己挨打倍感自豪,因他是吃了这些 LOSERS 的拳头,跟 LOSERS 怎能计较?

既然没有原告,而"骑士"们为自己争风吃醋而斗殴的行径,羞于启口,警察便对每位闹事者加以警告。这件事也就大事化小,小事化了。

我却咽不下这口气。若对小媛听之任之,不用多久,自己的家将变成她的国际"红楼"。因此,等家门恢复了平静,我才撕下脸皮和她进行谈判。

"小媛,阿拉格家的庙太小,无法安侬格尊大菩萨。吾想请侬搬走,越快越好。"我强压住心头怒火,摆出比她先前还要硬的铁板脸。

"若娜,侬千万别叫吾走。吾以后不会再带朋友回来滴，行不？"她撅着小嘴，声音嗲嗲，仿佛是个十岁的孩童，令我直起鸡皮疙瘩。看我的脸上毫无表情，她便冲着我在饭桌旁吃饭的儿子，挤眉弄眼。

"妈妈，别叫小媛姐姐搬走嘛。"儿子停下了叉子，歪着脑袋替她求情。

这年头，年轻漂亮的女人大概是天底下最自信的人。她们视普天下的男人为她们忠实的奴仆，不管这男的是老、是少、是穷、是富，是俊、是丑，皆把他们招之既来，挥之而去，玩弄于股掌之上。年轻美貌是她们的利器，在这人世间的名利场上，她们能对此加以充分利用，累战累胜，所向披靡，而小媛勘称她们的楷模典范，令我五体投地。

眼下，她把我儿子这一资源也派上了用场，我那该死的软肋立刻就被她掐住。我左思右想，难以定夺，最后，还是决定等老公回来商量再说。

"那就等我考虑考虑吧。"我无可奈何。

晚上，老公下班一回来，看见门前的（Tulip）郁金香，似被龙卷风扫过，大动肝火。他这护花使者，不论对真花、假花、画中花、女人花，一律爱惜有加。

"若娜，谁把那些郁金香给糟蹋了？"他边上楼来边叫道。

"哦，给'骑士'们糟蹋了。"我随口应着，意识

到"山雨欲来风满楼"。

"什么骑士？哪来的骑士？"他问着，眉头紧蹙，音量不断放大。

他母亲怀他时，一定是天天泡在摇滚乐里，他那嗓门才如雷贯耳。幸好他自知之明，平时说话总是按着低音键。然而，他脑袋里的火药包一旦被什么突发事件点燃，从他口里冒出的就可能是"晴天霹雳"。

想当初，和他结婚不久，一次在没有任何预警的情况下，他那"火药包"突然暴发，让我的灵魂差点出了壳，在床上躺了一天才恢复了元气。

领教过他那怒吼威力的不只我一个。我们刚搬进这房子时，邻居家的狗对我们欺生，半夜里不停地抗议，惹得老公不由得怒火中烧，穿着个裤叉，在凉台上冲着对手吼道："shut up，you！"（你，闭嘴！）。从此，那可怜的狗儿就哑了声。

有了这些借鉴，打这两位姑娘搬来之后，我对他隔三岔五来个提醒，隔四岔六来个警告，虽然颇有成效，可今天看他这驾势，那"火药包"随时都有可能燃爆。

此时我对小媛的气虽未消，但还是怕他冲她来一下。再则，为了不惊动妙丽这对久别重逢的"鸳鸯"，等他在扶手椅上坐下之后，我才把一杯冰茶递给他，轻描淡写地向他汇报。

"上午，小媛的男友们，在家门口上演了一场争风
吃醋的闹剧，他们在草地上跳来蹿去，可怜的郁金香全
都一命乌呼。"我尽量摆出一付满不在乎的神情，双眼
在他那横眉怒目的脸上，观察"风向"。

"Damn it, I missed it。（该死，让我给错过了）"他
的声调并不高，但脸上的神情却是万分的懊恼，仿佛是
听到了克林顿总统和鲁文斯基的表妹又闹出了什么花边
新闻，而他这位总统贴身保镖却是从电视屏幕上才知道。

这给我判断"风向"增加了相当的难度，搞不清他
是为何恼怒，也无法琢磨他对这肇事者的态度。

"以你看来，我们得叫媛媛搬走？"我小心翼翼地
试探道。

"谁给你说的？为何要把这朵男人们趋之若鹜的
美丽'鲜花'扔出去？人家要花一大把钱，买一张不会
动的美女相挂在家里，我们家却摆放着个活生生的美
女。咱们既能赏'花'还能攒钱（租金），这种买卖去
哪儿找？"他头头是道地给我念起了生意经，似乎在尽
力阐明：撵走小媛，最大损失的将是他和我。

"这么说，她违反租约，擅自带男人来家过夜，招
蜂惹蝶，把好端端的郁金香全毁了，这一切就这么一笔

勾销？”我愤愤不平地提高了声调。

"你可以对她明确规定，下不为例。否则就叫她滚蛋，吓唬吓唬她。至于那郁金香重新种过就是了。"他说完，便冒出了一句："女人就是嫉妒心太强，见到别人比自己有魅力就受不了。"

"你指的是谁？"我一听，怒不可遏地问道。没想到这傢伙为了他的"花儿"，还会含沙射影来骂我。

"你可不会是那种女人吧？"他反将一军，脸上露出得意的微笑。

我哑然无语。君子报仇，十年不晚，你等着瞧。

既然老公和儿子执意要留小媛，我只得少数服从多数，但心中却对小媛耿耿于怀，想方设法把她撵走。因为她，我在家中尽失"民意"，说话的份量也越来越低。于是，搬出孙子兵法，研究起伟大军师的三十六计，逐字逐计，琢磨仔细，思来想去，磨破了头皮。天生就欠缺逻辑，这"兵书"对自己宛若天书，字字千斤，句句迷糊。最后，只好偃旗息鼓，以逸待劳，以无为而为之。

妙丽夫妇俩的恩爱，不知不觉地使我家的空气，充满了甜蜜。老公的语调，突然温柔得似平静的大海（在鲁本和他侃大山之后），令我直想投入他的怀抱。客厅、饭厅的桌上惊现美丽鲜艳的玫瑰，激起了我久违的烂漫情怀。小媛也按捺不住，犹如春天发情的母猫，直往外逃，彻夜不归。

星期一下班回来，妙丽激动地一把抱住我，高兴地说："若娜，我通过了。"

"太好了。恭喜你。"我也欢喜地祝贺她。

当天晚上，她和鲁本请我全家到日本寿司餐馆里美美地吃了一顿。

次日早上，他们就打的去了飞机场。

小媛几天不见人影。星期六早上，我起床后，惊诧地见她独自在饭厅吃麦片粥。平时，周六不到十一点，她是不起床的。

"若娜，告诉侬一个好消息，吾在 chinatown 找到了一个时装店，格家老板合同满了，不想做了，伊同意把生意卖给吾，价钱很低。但吾不晓得，这边买生意要办啥手续，不想被人骗了。侬晓得格个手续要如何办哇？"她眉飞色舞道。真厉害，这么短短的时间就找到店了。

"侬确定了要买格个店？"我有点不相信。

"不错。"她非常肯定。

"侬是学生身份来滴，格里边涉及移民的事，最好找一位移民律师咨询一下。"我建议着。

"侬有否认识的律师？"她立即追问道。

我拿出记事簿，把自己认识的几位律师查了一下，

最后出于语言关系，我把一位 ABC 的唐人律师的电话给了她。她饭也没吃完，就把电话拿来叫我替她联系。

一个小时后，她就飞奔下楼，钻进了等在楼下的 Eric Lee 律师的银色 Jaguar 里。

晚上，她回来后，兴致勃勃地告诉我，李律师人多好多好，又没家小，三十多岁就是律师，真是年轻有为。大概她的男友名单上又多了一个。

两星期后，妙丽和鲁本回来了。妙丽脸上重逢的幸福喜悦已被即将来临的悲伤离愁所代替，一双美丽的杏眸被泪水折磨得又红又肿。鲁本只好柔声细气地不停地抚慰她。次日早上，他就在妙丽的梨花泪送别中，钻进了出租车，赶回中国去了。

一个月后，小媛喜孜孜地对我说："若娜，吾要结婚了。"

"真的？啥宁是艾个幸运的新郎？"我稍感惊讶地问道。这消息虽有点意外，但也在预料之中。

"李律师。"她似炫耀奥斯卡金像奖般地说道。

"是吗？"我心中虽有点高兴：她不久就不撑自走，老公的"花儿"终于要移往别处，报了我那一"箭"之仇，而我也可以不再因她时不时地闹事而担忧，但朦胧中，总觉得这 Eric Lee 不可靠。

"小媛，侬对李律师晓得多少？俄只是通过一个地产经纪认识伊的。因伊会中文，才把伊介绍给侬的。找丈夫千万不能超之过及。"我提醒着。

她眨了眨美眸，可能以为我嫉妒，便不以为然地说道："格个侬就不用担心，吾自有主张。"

三周后，她搬了出去，欢天喜地地和李律师在市政厅举行了婚礼。

老公、我、儿子和妙丽四人来到市政厅中央厅时，只见身披美丽洁白婚纱的小媛，一手握着一束鲜花，一手紧紧缠住比她矮了半个头，一身白色西装的李律师，在众多的亲朋好友簇拥下，走上那通往婚礼宣誓厅的大理石阶梯。她那如花的笑靥仿佛刻在了脸上，俨然戴安娜王妃，不停地朝四周的人们点着头，这等风光的场面，她也许期盼已久。但愿她能和李律师白头偕老，我心里默默地祁祷。

她走后，我们家召开了第二届家庭房屋出租协商会议。在会上，我总结经验，提出了租房中许多不足之处，并强烈要求改变出租方针，尽量少租给女生，尤其是漂亮的女生，尽最大的可能租给年轻的男留学生。

开始，新的提议，虽受到了于会大多数的极力反对，但在我的弃权不管的威协下，大多数的于会者终于同意了我的议案，并一致通过。自然，最后贯彻落实到位的

人依然是我。

我也改变了策略，为了提高经济效益，把钱用到刀刃上，实行节约发财的政策，我把广告直接贴到语言学校的广告拦去。

没过几天，我便招来了一位老实巴交，凡事点头哈腰的日本小男生。英语认得他，可他却不认得英语。

这么一来，我们的交流方式便回到人类的原始阶段——肢体语言。一切霎时简单明了，没有多余的口舌，他需要什么只要给我一个单词，或画一付画既可。当然，有时也让我费尽心思去猜谜。不管怎么说，我的生活又恢复了些许宁静。人类本来就应该如此，不仅减少了误会、猜疑、尔虞我诈，还使人与人之间的关系更为直接和纯朴。

但这宁静没过两星期，就被妙丽的一通电话给打破了。

洗心革面

那是在小媛婚礼后的第二天晚上九点多，妙丽和我正在饭桌旁聊天。如今，我俩已成了无话不说的朋友。

她很高兴地告诉我，她已在一家画廊里找到一份工作，是负责分类和管理油画作品的。她下个星期开始上班。我衷心祝贺她找到了称心如意的工作。

一阵电话铃声忽然打断了我们的谈话。我知道这时来的电话一定是找妙丽的。妙丽看了我一眼，我偏了下头，示意她去接。

"喂，达令，你好吗？……什么？陈付市长出事了？……"妙丽接过电话，说了几句后，呆在那，半天没动静，只听到鲁本在电话里一直嚷嚷的声音。最后，她什么也没说就挂上了电话，然后，似游魂般地走进她的房间。直到第二天下班回来，我也没见到她的影子。

我预感到，她最担心的事终于发生了。我一放下手包，就去敲她的房门，却无人回应。

"妙丽，你在里边吗？你没事吧？快开门，要不，我拿钥匙来开门了。有什么事，说出来总比闷在心里好啊。"我扯开嗓门说道。

门"吱"得一声开了，妙丽披头散发，两眼发直地看着我，一声不吭。那模样仿佛是从《聊斋》里出来的女鬼，着实把我吓了一跳。

"究竟出什么事了？我不是爱管闲事，但你住在我家，万一你出个什么差错，叫我怎么向鲁本交待？"我

急得似机关枪一样，向她飞快地扫着。

"你不用担心，若娜，他不会再来烦你了。"她有气无力地说完，就转身回到床上，面朝墙躺着。

"你这话是什么意思？什么'他不会再来烦我'？难道你们之间出事了？是因为'癞蛤蟆'的事？

是不是他被抓起来了，把你给牵出来了？是不是……？"

"是又怎么样？不是又怎么样？这关你什么事？真是的。"她突然坐起身来，打断我的问话，冲着我大吼大叫。

我嘴巴张着，半天合不拢。真是碰上"鬼"了！我气得扭头就出了房间，把她的房门"砰"地关上，心里则狠狠骂道：活该！这叫着报应。我恨不得把天底下，所有那些用在青搂女身上的词，全给她冠上。

但这时，从她的房间里传来了细细的哭声。我不由得打住脚步，不知该朝前还是朝后。最后下定决心，不管她，这是她咎由自取。她也该好好地反省反省。

我折回厨房去煮饭，心里七上八下，似挂了几个水桶。这究竟出什么事了？她原本是那么个人见人爱的甜心，怎么转眼就成了咬人的刺猬？我百思不得其解，为解这"哥德巴赫的猜想"，烤的鸡腿全披上了黑衣，锅里的炒饭和锅底亲得难解难分，有机的油菜由绿变黄，把老公要的鸡蛋煮得跟石头一样硬，放在大卫的弹弓里，能打死巨人。

那该死的电话铃声，突然把我从那难解的"题"中吓醒了过来。

电话里传来鲁本温柔磁性的男中音。

我立刻叫他等着，我去叫妙丽。

"喂，若娜，正好是您接，免了我和她没必要的吵嘴。请您转告她，我已把离婚申请书给她寄了去，反正她已拿到了绿卡，目的达到了，我不会去移民局告发她。请她在离婚申请书上签字后给我尽快寄回。"他身调平缓但语气十分坚定，不容任何人辩驳。

"鲁本，我知道你主意已决，但你也许操之过急，妙丽不是你想像的那样。她曾把一些事告诉过我。我知道她是真心地爱你。"我不管他听不听，依然一吐为快。

"若娜，你不必为她解释。上一次，我在你家门口分明看到陈市长，你却骗我说那是你的房客。你竟然为了妙丽这个房客，不惜让我在自己的国度里，还戴这顶龌龊的绿帽子。你们中国人没有诚信，只知道欺骗。真令人无法理解。"他不由得谴责起来，愤怒的声调刺得我的耳膜直发疼。

"现在，不管我作任何解释，也难以抹去你心中因爱而受骗所带来的伤痛。但那位陈市长正是在你之前出现在我家门前的。因妙丽拒绝见她，我才把他支走。为不引起你夫妇的误解，我才撒谎。我可以对上帝发誓，这是事实。信不信由你。"说完，我气恼地挂上了电话。凭什么说我们中国人没有诚信？我就不相信你从不撒谎，冰清玉洁。

难怪妙丽会瞬间如天塌地陷一般。原来鲁本不仅要和她离婚，还把她视为下贱的骗子。她好不容易在鲁本那得到的光明，霎时被夺走了，又被抛回到原先那令她不齿的黑暗境地。犹如天生的瞎子，有一天幸得见光明，尝到了那能看得见的美好，而正当她欣喜地徜徉于光明之中时，一只残酷的手却夺去了她的双眼，把她打回了万劫不复的黑暗深渊。可怜的妙丽，还是从"钢丝绳上"摔了下来。

我垂头丧气地看着煮糟了的晚饭，最后还是把它们全倒进垃圾桶，重新煮了一锅蛋汤面。

盛上一碗面，我敲了敲妙丽的房门，轻轻地推门进去，把碗放在床头柜旁，坐在床边，小心地摇了摇静静地侧躺着，面朝墙的妙丽。

"妙丽，有句话，不知该说不该说。与其这样浑浑噩噩，萎靡不振，无声无息地在人间消失，让那些认识你的男人们笑话你：你只不过是个没有男人就无法活的蛀虫、贱人和骗子，还不如振着起来，活出个人样。让他们瞧瞧，没有他们，你能活得更萧洒、更精伸、更快活、更堂堂正正、更光明磊落。好了，我这话能否听得进去是你的事，我就不再多嘴多舌了。人是铁，饭是钢。面在这里，趁热把它吃了。不够，锅里还有。"说完，拍了拍她的背，我就走出房间，轻轻地把门带上。

老公回来一看是蛋汤面，皱了皱眉，便烤了几块面包，涂上黄油，夹着火腿肉打发了他的晚餐。儿子从不挑食。日本学生倒是非常高兴有面吃。他边吃边说 The noodle soup is delicious（这面汤味道真好）。

最近，他的词汇量惊人得增多，而且，嘴里也不时地溜出整串整串句子，让我不停地夸他："You are a quicker learner."（你学得真快）。交流时，手脚也可以歇息歇息。他和儿子两人总在一起叽叽呱呱，仿佛成了两兄弟，无话不说。

第二天早上，我进厨房，竟发现妙丽已装扮整齐，在吃早饭。

"若娜，谢谢你的一番忠告，还有那碗面，味道不错。"她恢复了往日欢快的神情，过去几天脸上的阴霾

一扫而光。

"是呀，这才对吗。干嘛要为那些男人而活？"我高兴地给她鼓劲道。

"你说的不错，让那些臭男人见鬼去吧！"她说着，举起牛奶杯和我的凉茶杯碰了一下。

"我今天要上街去买些上班的衣服。明天，我将正式开始过上洗心革面的新生活，用自己的劳动，去创造未来。为我那干净的未来干杯！"说着，她又将杯子碰我的杯，语调充满自信，但颇带苦涩。

既然是星期天，我也不急，便坐下来和她一起吃早饭。

不知是为昨晚冲我发火的事感到愧疚，还是为我的那一席话，让她从牛角尖里钻了出来而对我万分感激，她主动地向我说起丈夫要和她离婚的原委。

事情出在"癞蛤蟆"身上。"癞蛤蟆"上次来美国后，不知什么原因就没再回去。市里和他儿子联系。刚开始儿子推说他生病了，后来就索性全家人在地球上蒸发了。

他一不回去，就有人告发他。结果纪检会介入调查，一查就查出他许多收受贿赂，违法乱纪的贪腐猫腻。几个承包商自然就供出了妙丽。纪检会去找她丈夫，把她和"癞蛤蟆"的那些私情和佣金的事全告诉了他。因此，他伤心至极，对她切齿痛恨。"他竟在电话里说，他这辈子不想再见到我这下贱、龌龊的女……骗子。"她哽咽着说不下去。

"妙丽，事已至此，不必伤心。要记住，不为男人而活，为你自己而活。总有一天，你会找到一个真正珍惜你的男人的。"看她那刚点燃的生命之火又要息灭时，我赶忙再添上一把"干柴"。

"若娜，你说得也许不错。现在得靠自己。"她抹去眼泪，起身进房去了。几分钟后，她踌躇满志地出门，去为她的新生活做准备。

她在画廊的工作看来非常不错。她回来总是躲在屋里，又是为画廊的一些画摆设分类设计，又是画画，希望将来的某一天，她的画也能展出，变成现金。她常常工作到深夜。每天一大早都在我之前出门。老板对她认真负责的工作态度非常赞赏，一星期后，就给她加了工资。为此，她买回来一盒甜圈，让我们和她一起庆祝。

没想到，三个星期后，他的老板打电话给我，说妙丽在上班的地方晕倒了，送到医院去，抢救后，没有危险，但医生还没查出什么毛病。

我一听，向老板请了个假就冲到那家医院。

在 ICU（加护病房）里，只见她躺在一张电动病床上，手腕上挂着点滴，秀美的脸庞毫无血色，看了叫人

心疼。病房里还有她的老板，一位头发花白，五十多岁，模样厚道的意大利人。他和我握了握手，寒喧了几句，就急着赶回画廊去了。

"妙丽，你就这样开始新生活呀？你是在玩命啊！不管怎么说，你现在得安心养病。一切等病好了再说，啊。"我以长者的口吻嘱咐道。

"没事，我现在很需要钱，明天观察一天，没事我就出院去上班。要不，我就没钱交你的房租了。"她强露出一付笑脸说道。

"别胡说八道，好好休息是最重要的，啊。"我尽量阻止她说话。她怎么会缺钱呢？她不是说在美国上四年大学的费用不用愁吗？大概是发烧说糊话了。

这时，医生把我拉到外面，非常严肃地对我说，她的一条子宫输卵管糜烂发炎，要尽快动手术，割掉，否则炎症会扩散到子宫或其他器官，有可能造成生命危险，叫我和病人协商，尽快定夺。看来医生把我当成她的亲人了。该死的鲁本，这角色此时应该是他的。可他倒脱身脱得快，把这烫手的山芋扔给了我。

"妙丽，你给你父母打个电话，好吗？我这有卡。"我建议道。这种事最好还是由她的亲人来说较妥。

"千万别让我父母担心。再说，这远隔千山万水的，让他们知道了，他们帮不上忙，还叫他们干着急。若娜，什么事尽管告诉我。我能替自己作主。"她声音微弱，但语气颇为坚定。

不过，在和她商量之前，至少得知道，这刀子一下去会有什么后果，那管子可不是韭菜，割了还长。于是，向医生对这病刨根问底了后，才知道，这手术不会影响她的生命，但会影响她的生育。她有可能一辈子不能怀孕。

为不增加她的思想负担，我避重就轻地向她解释了一通，为使她放心，还连带把我的那些过世的姨姨姑姑全带上这种病，言外之意就是这是一种妇科常见病，并特此强调我的姨姨姑姑们，割掉那根多余的管子后，照样生了六、七个小孩，照样活到七十几岁。在我的轻描淡写的劝说中，妙丽连文件也没仔细看就签下了大名。我看着她签名时，心里在不停地祁祷，希望上帝能保佑她手术平安，尽快康复。

定好手术在第二天进行。第二天下午，我向皱眉皱脸的老板又请了半天假。在医院的手术室外等了三个小时，才见到她被推了出来。她精神还行，因为是下半身麻醉，所以她没什么感觉。

医生向我热情地祝贺，说她的手术很顺利。说也奇怪，医生手术后还祝贺病人，大概是要提醒我这假亲人，

感谢他的手术成功吧？我只好不停地弯腰作揖，对他谢个不停。

手术三天后，妙丽在我的搀扶下，回到家。不料她休憩了两天就撑着身子去上班了。几天后，她再次被送进医院。这一次，她高烧不退，似乎有生命危险。

我在病床边看着昏迷不醒的妙丽，心急如焚，不知如何是好。医院不许我过夜，我只好为她默默祁祷完回了家。

第二天早上，正要出门去上班，却听到一阵急促的门铃声。我冲下楼去开门。门一开，惊讶地半天说不出话来。

焉知祸福

站在门口的是风尘仆仆，满脸疲惫的鲁本。

"若娜，你好，对不起，没事先通报，冒昧打搅了。"他礼貌地说着，脸上写满歉意。"妙丽在家吗？"他急切地问道。

"哦，妙丽呀？你不是来和她离婚的吧？你要离婚，最好也得等她从死神手里逃出来后，再来找她呀。"

我略带不屑地说道。这些男人，全是道貌岸然。别看鲁本表面一付君子风度，心底里也不过狭隘自私，容不下一点瑕疵，把真心爱她的妙丽，毫不留情地抛弃。

"对不起，你说妙丽怎么了？"他那双因缺乏睡眠的淡绿色大眼，立刻充满了惊慌和不安。

"她怎么了，现在跟你也没关系。反正我求你，眼下，别找她离婚，请你高抬贵手，放她一马。"我说着，心想：你现在找她离婚岂不是要她的命吗？

"若娜，我不是来找她离婚的。请你马上告诉我，我妻子怎么了？"他焦急地提高了声调。

一听到这句话，我心里不由得一喜。"这么说，你不会和她离婚啰？"我还是要落实清楚。

"若娜，求你了，快带我去见我的妻子。她究竟怎么了？"鲁本着急万分的催促着。

"这可太好了。鲁本，你回来的正是时候，再来晚点，可能就成千古恨了。妙丽现在还在加急病房里抢救呢，我本想先去公司处理完一些事就去看她。医院目前没打电话给我，说明她没事。既然你回来了，我就先带你去看她吧。"说完，我就请鲁本上楼，把行理放好后，立即驱车往医院飞去。

在车里，我简要地把妙丽在和他最后一次通电话后，

如何在床上不吃不喝地躺了两天，如何找到一家画廊的工作，如何得病，以及两次住院的事，全向他作了汇报。

他听完后，一声不吭，英俊的脸庞是那般的凝重，尽管车里开着空调，我依然觉得空气稀薄，不由得按下了司机位的玻璃窗，深深地吸着迎面扑来的新鲜空气。

一到医院停车场，他没等我停好车，就急着开了门，钻了出去，向医院重症部飞奔而去。

我赶到妙丽的病床边，只见鲁本紧紧地抱着昏睡的妙丽，泪水满脸地在妙丽的眼、嘴、额、脸上亲个不停，仿佛只有这样，才能消除他的愧疚，才能抹去他对她的伤害，才能把她从死亡线上拉回来。

我默默地走出病房，问值班护士有关妙丽的情况。

护士说，妙丽已脱离了危险，手术伤口炎症得以控制。为减少她的疼痛，使伤口能尽快消炎愈合，她被注射了镇静剂。

我长长地吁了口气，心中的石头终于落了地。

"好了，现在你妹妹没事了，你可以放心了。"漂亮的脸上长着两个酒窝的护士，冲着我说道。我没作任何解释，报之一笑，赶紧折回病房，把这好消息告诉了鲁本。

"Thank God！"鲁本合上双眼，双手合十，说道。

是啊，感谢上帝，鲁本回来了，妙丽没事了。

鲁本对我千恩万谢。我要赶着去上班，只好和鲁本道别："晚上在家见你。"

鲁本很晚才回来。他知道我对他回心转意感到不解。于是，不等我问，就不好意思地向我和盘托出。

"若娜，请原凉我在电话上对你的冒犯。"他脸色发红地开了头。

我摆了摆手，不想打断他的话，示意他别婆婆妈妈的，有话就说，我正专心聆听呢。

"一周前，我收到了妙丽寄给我签了名的离婚协意书，并告诉我，她已把她所有的钱都转到了我在中国的银行账户，请我把这些钱交给市纪检会，同时，她附了一封给政府的交待信，尽量撇清我和她的瓜葛，并希望政府对我不要采取任何行动，因为我被蒙在鼓里，她收受回扣是在我们结婚之前。这也是事实。

在给我的信中，她非常愧疚地说，她是个永远不可宽恕，罪大恶极的罪人，希望下辈子做牛做马来偿还我给她的爱，希望我们的婚姻未能玷污了我的名声……"说到这，他一个大男人，竟泣不成声，喉咙似被东西给卡住了。

原来是这样，难怪她口口声声说不去上班就没钱交房租。妙丽呀，妙丽，你怎能"洗心革面"洗得连自己活命的钱也不留哇？既便你觉得那些钱肮脏，但总得给

自己留点余地吧？我心中对妙丽的作法极为震惊。

　　我给鲁本递上一张餐巾纸。他接过后，擦去眼泪继续说："是我误解了她，我真不该对她说那些话。我真后悔！"他哭得似个小孩，双手捂住脸，半天不吭声。

　　"不管怎么样，这一切都过去了。我非常高兴看到你回来。为妙丽谢谢你。她醒来看到你一定非常欣喜。今天她醒过没有？"我突然想起妙丽的病情。

　　"没有，也许是太虚弱了，我等到病房的探视时间截止时，才不得不回来。"他仰起头说道。

　　"这次回来，你要呆多久？"我问道。

　　"我不回去了。我把妙丽的钱交给了纪检会办公室，要了一张收条，怕他们再来找我的麻烦，我只好要求公司让我回来，到德州的总公司上班。公司鉴于我的情况就同意了。我下个星期一就得去报到。"他激动的心情终于平静了下来。紧接着，他又告诉我，他先去德州把一切安排妥当后，就来把妙丽接去，妙丽先在家里好好的当个家庭主妇，之后，可以照看他俩的孩子。他希望自己能给心爱的妻子创造一个幸福安全的未来。

　　第二天下班后，我到医院去看望妙丽。妙丽的右手仍插着 IV 管，她的左手被鲁本双手握着，抚摸着。

　　她雪白娇嫩的脸上泛着幸福的红晕。看到我来了，她抬起头，满含笑意地说："若娜，你又来了，谢谢你这些天的照顾，真不好意思给你添了这么多乱子。"

"鲁本回来了，我的担子就脱了。妙丽，你真有福气，找到这么个好丈夫，以后可要好好地互相珍惜，对吧，鲁本？"我转向鲁本问道。

"当然了，我不会再让任何事横在我们中间，你说是不是？"鲁本喜眉笑眼地问妙丽。

此刻，望着这对"鸳鸯"，我对什么叫"破镜重圆"终于有了感性的认识。为了不破坏他们这美好的气氛，我找了个借口就打道回府了。

回到家时，只见小媛在饭厅里和儿子有一搭没一搭地聊着。我不禁纳闷：她搬出后就再也没来过，今天是何事让她来登我这无宝殿？

我一边和她寒暄，一边给她端茶送水。

"律师太太，幸福美好的日子过得很惬意吧？"我打趣道，撇了一眼满脸不高兴的她。

"啥个幸福美好的日子？吾现在过的是受苦受难的日子。侬说说，若娜，天底下艾有夫妻这样过日子的？伊和吾一切都明算账。厨房里柜台边的小记事板上，钉满了发票。啥宁买了啥，都得把发票钉在艾则记事板上。连买个菜回来也要一分为二，每天上床前，还得把账结

完。可睡的床铺，伊却不划上三八线。"她气愤地抱怨着，樱桃小口撅得老高。

"更让吾受不了的是昨天，吾过生日，伊送给吾一只波斯猫做生日礼物，吾还挺高兴滴，没想到，伊要吾出买跳蚤项圈的钱。格是艾门子礼呀？吾气得差点把格猫给宰了。"她咬牙切齿道。

"真有这事？侬不是开玩笑吧？"我简直难以相信自己的耳朵。

"吾跑到侬家来开玩笑作啥？"怒火把她脸庞的艳丽烧得荡然无存。

"侬的店买下了吗？"我想把话题岔开。

"说到店的事更让吾气恼。伊说用两人的名字开格店对吾拿绿卡有好处，吾就同意了，钱却得吾一个人出。伊还说，伊是在冒险帮吾做。伊每次去移民局都说要格俄钱，要艾俄钱。就移民局这事，伊从阿拉手上就拿走了五六千美金，买格店，讲的价是五万元美金，结果，伊从吾格拿走了七万多美金才办下来，说是要办营业执照什么滴……"她开始声讨起律师丈夫对她的掠夺。

"若娜，侬说说，自己的生意还有给自己发工资的嚜？"她依然喋喋不休地诉落着，说不清她是因钱被丈夫骗走了而愤怒，还是因自己上了圈套，却无法逃脱而懊恼。看来她有生以来，第一次尝到了吃亏的滋味。而这亏是哑巴吃黄莲的亏。

"哦，吾想，李律师是把拿（你们）的店设为有限公司了。这样，万一拿（你们）的店资不抵债，无法营运破产了，拿的私人财产就不会被拿去抵债。李律师想得很周到。"我给她解释着。

小媛一听，马上从凳子上弹了起来。"糟了，阿拉店肯定要破产的了。伊是在变着法子把阿拉的钱掠走。若娜，赶快替吾想个法子。"她一边说着，一边摇晃着我的手臂，把我当成她的妈一样求着。

我的心一软，只好答应帮她想办法。叫她回去把所有和李律师签的文件拿来给我看看。

她一听又"哇"地一声。那些文件全在李律师的办公楼，锁着呢。

我只好给她献策：现在开始，不要再投钱到店里去。尽量使现有的资金周转，计好每一笔账，可以先出一半的工资，或减薪直到有赢利再酌情加薪。若是她丈夫逼得紧，就索性关门，去找一分工作。但千万要小心李律师做手脚来解除婚约。只要她能和李律师呆在一起，直至拿到临时绿卡，她就不用怕。但以后所有要签名的文件都要先仔细过目，不懂拿来给我，我给她把关。

小媛带着愁云密布的脸离开了我家。但愿她能从李律师的网里跳出来。

心理治疗有时胜过常规医术。妙丽在丈夫的陪伴下，很快就康复出了院。不久，她跟着丈夫搬到德州去了。这一对夫妇经历了磨难，爱得更真切、更深沉。愿天底下的有情人都能像他们那样，"lived happily ever after"（从那以后，过着幸福的生活）。

两年后，圣诞节前，我的电子邮箱收到了妙丽寄来的几张贺卡。贺卡是妙丽亲手制作的。她和丈夫之间夹着一张似太阳花般可爱稚嫩的小脸。小男孩的脸蛋儿突显出鲁本的五官特征。那一头随意的卷发煞是可爱。一家三口，嘴巴一律笑成了弯弯的新月。这是我所收到的圣诞卡中最美的一张。

小媛却不尽人意。结婚两年多后，她总算媳妇熬成婆，获得了绿卡，可几乎赔尽了她所有的老本。最后，她只好把店关了，和李律师离了婚，回上海创办了一家贸易公司。不多久，她把公司搬到美国来。据说，她的生意也相当红火。在李律师言传身教了两年多后，她的生意手法能不老道精明吗？其实，她一点不亏，她不仅获得绿卡，还上了一所独一无二，成效卓著，一对一的"商业管理学院。"

第五章

【 房东的烦事 】

......

　　回到家，我那心中的火山熔岩在不停地翻滚，却找不到出口，便拿起一大杯的 iced tea，昂起脖子，咕噜咕噜一口气灌了下去，把那熔岩的热焰降了下来。老公却似刚从森林里被逮着，放进笼子里的雄狮，鼻孔里不停地喷出怒火，在客厅的走道里来回踱步，不停地哼哼。

......

有色眼镜

感恩节将至，正准备安下心来好好烤只火鸡，好好过个节，好好犒劳家人，好好感谢自己这一年来的辛勤劳作，没想到，一阵电话铃声，打乱了我的火鸡梦，我只好把火鸡晾在了桌上。

电话是一位拉丁裔房客打来的，他和我签了一年的合约，才住了六个月。感恩节除夕打电话来，感谢我给他提供一座美丽宽畅舒适的住房？直觉告诉我，一定不会是什么好事。

在美国加州，沉湎房事的都知道一条不成文的规矩：房东是孙子，房客是老子。

房客只要交足了房租，房东对他们就只有毕恭毕敬，有求必应。要不，轻者因一些鸡毛蒜皮之事没有马上处理，被扣上"怠慢、疏忽"的帽子；重者（比如房东因水管漏到别层而进屋查看前，没给房客门前贴上24

小时通知）则是犯上"骚扰、侵犯隐私"之罪；更有甚者，房东把干净整洁的屋子租给房客，房客却出于对动物昆虫的"仁慈保护"，请来上百只老鼠，过千只蟑螂，还反告房东提供了有害房客身心健康的住所，而某些思想前卫的法官，竟然毫不留情地把房东投进监狱，或软禁在老鼠蟑螂窝里数月，以儆效尤。但是，看在房客替你付地税，保险和银行贷款的份上，你不得不炼就忍者神龟的那千般隐忍功夫，把他们当财神爷供着。

拿起话筒，一听到这位房客的声音，我马上拣起只有和丈夫谈恋爱时才用过的语调，柔声细气，甜甜密密地向他祝感恩节愉快。

他谢了我的祝福，二话不说，直奔主题。

"若娜，我被老板炒了鱿鱼，下个月我没钱交房租，只好用那押金抵租金了。"他言之凿凿，一锤定音。

"哦……？"我脑子被击懵了，半天回不过神来。

"我这就给你三十天通知了，啊。"说完，他不等我有任何意见反馈，就挂断了电话。

回过神来后，身经百战的我，立即把光着身子的火鸡塞进烤箱，也没功夫非礼它：往它屁股里塞青葱面包屑之类的配料，更没心情替它不时地抹油润肤伺候它，由它自己成熟好了。我把手套围裙一脱，打开电脑，登上

了那些租屋和求租的网站，一边在这些免费的网站里叱咤风云，在许多网站上登上自认为比专业人士更胜一筹的广告，一边打电话给那位房客，通知他：给我把搬走的 30 天书面通知寄来。免得他翻手为云，覆手为雨，让我跟着他演"二人转"，并要求他准备好迎接来看房的求租者。

因他违约理亏，也就没有阻拦（后来得知，他搬到他姐姐家去，替姐姐分担银行贷款）。否则，我要告他欠我六个月的租金。但我心中明白，这些人是死猪不怕开水烫，即便我把他告上法庭，赢了官司，他仍可以以没工作，没钱为由，逃之夭夭，踪迹难寻。而自己是陪了夫人又折兵，追不到租金，还得付一大笔的律师费，亏大了！要是他被惹火了，还把我那心疼的投资房"装点装点"，弄得面目全非，过后，不得不再投下巨资修复还原，亏更大了！

我那凡事隔岸观火，仿佛此事与他毫无瓜葛的老公，看我忙得不亦乐乎，便给我当头一瓢冷水："没必要像是前院着火似的。眼下，大家正忙着过节，吃火鸡，谁吃饱了撑着，去找房子搬家？要搬的，肯定是些让你头痛的租客。"

对他的这些冷言冷语，我习以为常，不屑一故，继续抱着乐观向上的态度等着电话铃响，以大将风度，应对无数求租者劈头盖脸的一大堆问话。届时,避重就轻,扬长避短,把自己的出租屋,描绘得似宫殿般迷人,让那些求租者跃跃欲试,马上要求目睹这"宫殿"的风采。

出乎意料,我那该死的老公歪嘴和尚乱念经,竟也歪打正着,这次给他念对了。

跟以往大不一样,等了几天才来一个电话。一说,似乎很感兴趣,但要等圣诞节后再来看。要我等一个月,你想得美。我立即祝他好运,慢慢等吧。

看看无人问津,赶紧检查自己的广告策略和用词遣字是否得当,随既又多添了不少吸引眼球的形容词,为这些形容词,把大学所学过的对房屋建筑的英文褒义词,从脑海里再搜寻了一遍,可怜的字典,又被翻坏了几页。最后,把像片由近期拍的,换上了地产经纪当初向我推销时,电邮给我的那些经过专业加工过的靓照。

功夫不负有心人,家里的电话立刻就活络了起来,让我应接不暇。

可接了许多电话后,觉得有些异样。根据多年来积累的经验,我对房客的筛选分为以下几个程序。

第一,电话过滤。这些年,为了买那些便宜的出租房来投资,在少数民族的区域里摸爬滚打,与各种不同肤色的民族打成一片,对他们的谈吐颇为熟悉,凭着音

乐学校训练过的耳朵，对发音有相当的敏感。因此，一拿起话筒，聊上几句，便能分辨出来电者是男、是女；是黑、是白，是黄、是红，概能沉着应对，不至于被人因歧视而告上法庭。

这一次，百分之九十的求租者是黑的，我便立即进入第二个程序，面试过滤。

为了做到事半功倍，把所有要看房的预约，安排在周末下午几个小时之内，向有意者开放参观，把个出租屋开放得像菜市场，来客车水马龙，络绎不绝，给求租者带来无形的压力，这时，就是我这当房东最璀璨辉煌，扬眉吐气的时刻。房客一拿到钥匙，我马上就得夹起尾巴做孙子。

星期六的下午，五颜六色的车子里，钻出来一堆堆黑乎乎的男男女女，老老少少。我的心情也不由得慢慢地多云转阴，真有一种乌云压城城欲摧之感。我虽有过不少黑人朋友，有时还觉得他们够义气，讲交情，直来直去，不像那些白人，因文明的面纱遮着，说起话来竟绕弯弯，难琢磨。

但要把自己投下几十万的房产交由他们来打点，心里的小鼓儿就敲个不停。因为他们那遗传的非洲原始风格，以及豪爽奔放的热情，不用多久，我那打了蜡的硬木地板的客厅，就会变得伤痕累累；用大理石台面、地

面、以及不锈钢的家电装扮的厨房，就会成为蟑螂和老鼠的乐园；而那些用名利场牌号洗手盆安装的浴室，就会充斥着分不清是香水还是小便的气味；那卧室里粉红的地毯就会和他们的肤色融为一体。

按照法律，房屋出租不能有种族，年龄，肤色，性别，婚姻，宗教，残疾等歧视。因此，我给每家代表发了一份申请表格。先认清人头，从外表先判断。可这次来的一个个像过节似的，连小孩都打扮的特别光鲜。这样，我无法以貌取人。

只好进入第三个程序，以工作优劣、钱的多寡来筛选。至少，每月的租金要有保证。于是，要求他们回去把去年的家庭报税表传真给我。他们个个回答肯定。然而，他们消失的速度，不亚于当初出现的速度。等了一星期，才收到一份有头没尾的报税单，让我的心情既放松又紧张。放松的是那压城的黑云消失了，我可以不再担心，因拒绝租给这些求租者而受到种族歧视的指控，紧张的是，时间一周周的溜过，银行的代款没人帮着还，得自己掏腰包。

带着矛盾的心情，面对着电脑发呆之际，电话铃又响了。来电者是位男的，说话的声音头一次让我捉摸不定。但那名字听起来，又似来自撒哈拉大沙漠。他在州政府商业平权委员会工作。

老公一听说他在平权委员会工作，马上就说："这下不管他是黑是白，你得平等对待，只能租给他。否则，你有麻烦。"

又来了，不知他脑筋里的哪根弦配错了，总和我不是一个调调。他倒成了马丁·路德金第二了，要我一律平等对待。

但这次为了安全起见，我决心出其不意，反向侦察，知己知彼，百战不殆。周六，我和大儿子来到了这位申请人的家门前，按响了门铃。

"请问拉蒙先生在家吗？"我声音沉着，但声调比平时高了几度。

"请问您是？"一位男子在里边应道。

"我是若娜，你想租我房子的那个屋主。嘿嘿，不好意思，冒昧打搅了。我路过此地，就顺便给您捎来了申请表。"我脸不红，心不跳地冲着门里边的人说。

门"吱"地一声开了，站在门口的是一位年纪很轻的黑人。我心里"咯噔"了一下。

天呀，这人比我所见过的任何黑人都黑。按那些黑人朋友们自己调侃而分的 negros（黑崽）之类中，他既不是"pumpkin pie"（南瓜馅饼——半白半黑）；也不是"sweet chocolate"（甜巧克力—棕色）或"brownie"（巧克力蛋糕——棕色得发黑），而是地道的"blue"（黑得发蓝——纯正的非洲黑人），他那双大眼睛在黑蓝得发亮的脸上熠熠生辉，厚实的大嘴一咧，两排雪白整齐的牙齿光彩照人。

"你好，您光临寒舍，不胜荣幸。请进。今天周六，孩子们在家，把屋子搞得乱七八糟，不好意思。"说着，他把我们让进了两室一厅的小公寓。按他说，这住处太小了，他们需要更大的房子。

三个从三岁到八岁的孩子在客厅里安静地看电视。屋子虽小，但摆设简单整洁，淡黄色的地毯颜色依旧清新，墙壁一律粉绿色，没有任何"纯真的原始壁画"，看得出这一家人讲究干净。这时，在厨房给孩子们做午饭，身着雪白睡衣的拉蒙太太迎了出来。她跟丈夫是同一"blue"族。

一看到黑白分明的她，我便明白了为什么这个家是那般的整洁干净。于是，我放心的把申请表交给了他们，他们一家人一个小时后来看了我的出租屋，非常满意，决定等我核实了他们的信用之后就签约，下月初入住。从闲聊中，得知他们来自肯尼亚。我却心里纳闷着：为什么这家黑人不一样？

回家后，我把新房客的事向老公汇报了一下，并由此强调自己租屋时，历来一视同仁，平等相待。但转过头又禁不住问老公，为何这对从肯尼亚来的黑人夫妇是

那般地不一样，他们把目前住的公寓保养得很好。

老公瞪大蓝眼，理直气壮地回答道："当然啰，他们是奥巴马总统的表弟妹吗，自然不一样啰。"

"是啊，你说得没错，奥巴马总统他爹，正是从肯尼亚来的。"我第一次同意了他的观点。

夹心饼干

圣诞节前，拉丁裔房客搬走了，大概是到姐姐家过个合家团圆的圣诞节。不知是出于良心发现还是怕我请他上法庭，走前，他把我的屋子清理得干干净净，甚至把地毯也洗了一遍。

我把这好消息告知了奥巴马总统的"表弟妹"拉蒙夫妇，通知他们两小时后到我那出租屋门前等我，进行move-in（搬进）检查手续。在这之前，我查过他们的信用。他们的信用分数都在七百多分，没有任何 default（拖欠）或 delinquency（逾期不还）的历史。这夫妇俩的年收入不错，都有十万美金以上。无形中，他们成了我最理想的租客。

我兴高采烈地到中国城买了一盒包装精致的茉莉花茶和几斤新鲜的橘子（小时候，外婆总是说，茶能驱凶避邪，橘子带来吉利），宛如迎接新婚的儿子媳妇似的，去迎接那对疑似与总统沾亲带故的新人。

到我出租屋时，他们一家已恭候在此，由高到矮，整齐地排列成一条直线，每张脸上露出雪白晃眼的牙齿，挥舞着手，欢迎着我这房东。一阵暖流涌上我的心头，我那不争气的双眼，竟噗，噗，噗地滚下了泪珠儿。自当上孙子般的房东，多年以来，得到老子似的房客如此高规格的礼遇，这还是头一次。

互相拥抱亲脸之后，我打开房门，把这一家新人请进了屋子，给了他们一份 move-in 的表格。因这房子半年多前才重新装修过，拉丁裔房客也保养得不错。十多分钟后，交接程序搞定。我把钥匙给了拉蒙，他鞠着躬谢个不停。

他们一家又和我一一拥抱亲脸，看我钻进车后，一家人迅速地再次排成一字，和我这"房东元首"挥手告别。

这个圣诞节过得特别踏实。老公为犒劳我找到个好房客，亲自动手烤了一只金灿灿，香喷喷的火鸡。

我对老公说，别想这么便宜就把我打发了。我要带着小儿子去逛洛杉矶的 Disney Land 和 Universal Studio。小儿

子正好放假两周。老公没得反驳，叫我第二天去买飞机票。

夜里，我正在梦中游览环球影城的 Mummy（木乃伊）馆。蜘蛛网遍布，通道窄小，一会儿，左边横出一只血淋淋的手拦住去路；一会儿，头上方砸下一个无尸头颅，朝我呲牙咧嘴，阴森恐怖，我在梦中不停地躲避。忽然，左手被什么东西抓住了，我惊恐地大叫起来。

"若娜，若娜，醒醒，醒醒。"

朦胧中，我睁开惊吓的双眼，发现老公正站在床边，抓着我的手，不停地摇着。

"还好是你这个夜鬼抓我，否则，我就回不来了。"我睡眼惺忪地埋怨着，随即，问道："几点了，你怎么还没睡？"

"三点半。刚才电话铃声把我吵醒了。"老公神智清醒地答道。

"三更半夜的，谁这个时候打来？吃错药了？"我嘟哝着。

"是啊，你那个神经兮兮的扎克吃错药了，半夜找你呢。"老公半认真半开玩笑地说道。

他总是把房客归我，房产归他，犹太人也不如他精明。

"哪个扎克，不会是我们第二幢房子楼下的房客吧？"我猜测道。

"正是。快起来，他要我们现在就过去。"老公一本正经地说道。

"你也吃错药了？半夜三更的，去干嘛？是房子着火了？那就拨 911 呗。"说完，我把被褥往头上一蒙，继续去逛环球影城。

"你忘了自己给他许的诺？你答应过他，要是楼上房客再在半夜吵闹，就打电话给我们，我们可以过去收集第一手证据。"老公正儿八经道。

这时，我的脑子终于清醒了。

自打楼上那几个男租客搬走，四位花枝招展的西班牙裔年轻姑娘搬进来之后，楼下那位年过三十、名叫扎克的男租客便开始闹起了不知什么病来。

起初，楼上的姑娘们打电话来抱怨，说扎克对她们的热情，让她们难以承受，经常借口帮她们修这修那，或检查水电的问题跑上楼来，使她们非常不自在。但碍着楼上楼下邻居的面子，又不好阻止他。于是，我这当房东的，只好把姑娘们的抱怨婉转地传给了他。

这一来，抱怨便开始自下而上了。今天扎克打电话来抱怨：楼上的把垃圾扔到他的垃圾筒里；明天楼上的 e-mail 我：扎克为大门没关向她们又吼又叫，态度极其恶劣。接着，我的电子邮箱里每天充斥着这楼上楼下的抱怨声，把我的脑袋都要爆掉了。我似夹心饼干中间那

些甜巧克力，不是给多了这一片，就是少给了那一片，怎么也没法合上他们的口。最后，我不得已给他们来了个约法三章。

我给楼上楼下发了同样的 E-mail：

诸位小姐先生们：

　　首先，感谢你们当我的租客，更感谢你们对我财务上的鼎力相助。但我和你们在法律上的关系仅仅是房东和房客的关系。我既不是你们的妈，也不是你们的老师，更不是你们的心理咨询医生。因此，你们之间生活上的小事必须自行处理。我相信你们自己有能力解决。房屋上的问题必须马上通知我，这才是我的份内事。若你们谁老为一些鸡毛蒜皮之事来抱怨，我将酌情罚款，或每年加租，因为你们占用了我不该花费的时间。

　　谢谢你们的理解和支持。愿你们相邻愉快。

　　　　　　　　　你们无能的房东　若娜

电邮发出后。我总算安歇了几个月，电子邮箱也干净了许多。

可安静的日子不长。感恩节过后，电子邮箱里突然出现了扎克几千字的信，还附着几张做为证据的像片。

我戴着眼镜坐在电脑前读了一个多小时，终于明白了他那洋洋洒洒的千字文里的涵义。他把几个月来的抱怨归在了一起，说是为节省我的时间。

为此，我似乎还得感谢他呢！

他抱怨楼上经常把车停在楼上楼下共同使用的车库门前（附上的汽车照片可以当车展，看来他颇费了一番心思）；周末在楼上开 party，喝酒唱卡拉 OK，没邀请他，吵得他整夜没法入睡；晚上在楼上走动时，穿高跟鞋……林林总总，罗列了二十多条罪名，在某些罪名边上还引用法律条文和出处。我的头也随着他对这些抱怨的夸张，不断地膨胀。

最后，我怕自己的脑袋会如电影《独立日》中那些外星人的那样爆炸开花，便立即寻找后援。我冲到客厅，一把拽起正在挥舞着双手，高喊着为他钟爱的橄榄球队加油的老公，把他拖到电脑前，欲把扎克罗列的二十多条抱怨，逐字逐句地念给他听。

他怕错过那球赛的精彩细节，不耐烦地一挥手，打着哈哈说："Honey（只有在有求于我时，我才成了他口里的蜂蜜），别着急，这信跑不掉，但球赛一会儿就飞了。你先消化消化，等球赛完了，我再来和你研究研究。"话音未落，他老兄又抽身转回到电视机前"研究"去了。

无奈的我，只好双手捂住头，继续盯着那些似蚊虫一样，在不停地叮咬着我脑髓的密密麻麻的字母。不知过了多久，脑子终于适应了这些"蚊虫"的叮咬，仿佛注射了麻醉济，或许是被久叮不知其痛了。于是，又打起精神，勇往直前，迎着那些小"蚊虫"们，使出孙大圣的七十二变之神功，各个击破。

我把扎克为楼上姑娘们所定的罪行，一条条抄在纸上，继而，上官方房屋出租和租赁的网业，看哪些是扎克小题大作，哪些是合情合理。结果发现他所有的抱怨中只有一条是可以提到法律层面上来，那就是吵闹声。

根据法律，晚上十点过后不能有影响他人生活的吵闹声。若有，受害者可以投诉，报警。警察来后可以根据情况斟酌处理，轻者给予警告，重者开出罚单。根据这些罚单，房东可以因房客骚扰邻居而违约把他们赶走。

经过这番处理后，我那被扎克似千斤重的千字文压得几乎窒息的心脏，终于豁然开朗。于是，信心满满地给扎克回信，对他那振振有词的二十多条指控，和风细雨地一一作了解释。希望他能原谅姑娘们的年轻和不稳重，同时也明确告诉他：除了一条吵闹声外，其他的抱怨，应在法律之外、双方互相协调谅解的框架下解决。

至于吵闹声，我把官方网站上的法律条例转给了他。建议他：若楼上晚上十点后，早上六点前大吵大闹，他可以报警，由警察罚她们。若他拿到了三次警察对她们的罚单，我们就可以把她们赶走。

与此同时，我也把扎克的这些抱怨轻描淡写地转告了楼上的姑娘们。并警告她们：要是因吵闹吃了警察的罚单，我就无能为力，只好请她们走人。

过了一个月，扎克便给我电邮来了由警局寄给他的报警记录。他强烈要求我：把楼上的姑娘们赶走。因为这些记录已是足够的证据，但他没有任何警察报告和罚单。

在和姑娘们电话预约好后，周六晚上，我和老公来到这些"花"丛中。这四位姑娘个个如花似玉，除了她们那魔鬼般的身材外，那四双睫毛似扇的美眸，把我老公看得眼睛迷迷糊糊，竟忘了自己此行目的，开始和他们海阔天空地侃起来。

为了不扫他们的兴，我便给他们十分钟的时间聊天，自己便在屋子里到处转，乘机检查一下有否毛病。转了一圈后，发现这些姑娘很有艺术细胞，她们把这个家摆弄得高雅，清新，舒适。难怪扎克会不停地往上跑。就连我自己，一坐下也不想挪身了。看着这些令人心旷神怡的"花儿"们，又有哪个男人会不爱，爱得死去活来；恨，恨得咬牙切齿呢？此刻，我才理解扎克这白人

小子那颗落寞的心。

但我这"夹心饼干"还是得做我该做的事。于是，我拿出扎克给我的报警记录，要她们向我解释，为何邻居们因她们的吵闹声报了这么多次警。

姑娘们互相传看了那份报告单，她们的美眸似蝴蝶般地扑扇扑扇了起来，然后个个瞪大眼，奶油般粉嫩的俏脸上满是无辜样。最后，那个为首的发话道："噢，天啊……"那娇嘀嘀的声音拉得老长，把我老公拉得坐立不安。

他立刻问："这指控属实吗？"

"不，警察只来过一次，而那次警察来也没说什么，只是告诉我们，有人因我们深夜吵闹而报了警。警察来时，我们都在床上。"她嗲声嗲气地叙述着。而后，她补充道："你们可以到警察局去拿警察报告啊，那就可以证明我们是否无辜。如果就凭这报警记录，谁也可以打电话报警啊。只是我们又要上班又要上学，哪来那闲功夫？"

看来她们是被冤的。于是我们到警察局，要求拿具体的警察报告。警察查了半天，没发现任何警察报告。

我把我们调查的结果，电邮了扎克。扎克打电话来，开口闭口就是说楼上在撒谎。为闭上他的嘴，我只好答应他，下次他要是再听到她们吵闹，就打电话来，不管是半夜还是凌晨，我一律奉陪。

当时，我这么说只是缓兵之计，暂时堵上他的嘴，没想到，此公居然付诸实施。

这小子如此认真，看来我碰上了难缠的对手了。

逼不得已，我只好告别那亲爱的被窝，凌晨三点四十五分离开家，和老公驱车到那出租屋，准备把那些"花朵"狠狠地"砸"一顿，来解这三更半夜被逼从警的窝囊气。

十五分钟后，我们来到那两层楼的出租屋前，只见铁门和总门双双敞开，没等丈夫停好车，我就机敏地跳下他的卡车，悄悄地溜进了大门，站在楼下入口处的大厅里，静听着，想看看楼上的"花儿"们如何"怒放"。可听了几分钟，觉得此处安静得出奇，连针落地的声音也能听得见。

老公走了进来，正想张口。我立即用手蒙住了他的嘴巴。俩人你望我，我望你，除了我俩的呼吸声外，没听到任何声音。这下，老公那护花使者的骑士精神被激活了。他二话没说，就去按扎克的门铃，等了两分钟，不见动静，他便怒不可遏地朝门铃猛按，没想到，这次，他按到了楼上的门铃。过了五分钟，楼下的当起了缩头乌龟，而楼上的"花儿"们却个个穿着撩人心胸的艳丽睡衣，似开仲夏睡衣模特儿展，从楼上款款而下。老公那一双蓝色的眼珠子差点儿蹦了出来。

我拧了一下他的手，他才扭了扭脖子，眼睛转向我。

领头的那位，半迷着蝴蝶眼，樱桃小嘴儿撅得老高，问道："邦德太太，邦德先生，你们半夜三更来找我们是为何事？"

老公支支吾吾，找不到词儿。

"哦，是这样……"我意识到老公按错了门铃，便急中生智地编起故事来。"我们去朋友家聚会，才回来，路过这，看到这铁门和总门大开着，怕小偷进来把你们的东西偷走了，故此，觉得有必要把你们叫醒，确认一下。不想过后让你们来索要我们的保险理赔。再说，你们也应该把好门户，怎能让这两扇大门半夜三更向全世界开放？！这有多危险啊！对你们这些花样的姑娘们来说，那更危险了。为你们的安全着想啊，我们也就无法顾及你们的睡眠了。要不，我也难以入眠啊。只是对不起，把你们吵醒了。"我给"花儿"们做了个揖，结束了我的故事。

"花儿"们脸上的神情由恼怒变为诧异，再由诧异变为愧疚，最终由愧疚变成了感激。

"是啊，我们觉得有必要给你们提醒提醒。"回过神来的老公终于帮起腔来。

"真是对不起你们，邦德太太，邦德先生，让你们操心了。从现在起，我们会尽量关好大门。"领头的脸上又露出迷人的笑容，其他三个也不停地道歉。

原本是抱着"石头"来砸这些"花儿"的，结果差点砸到自己的脚上——半夜三更，无端地把房客叫醒，这可是名副其实的"骚扰"。要是打起官司来，我们连律师也免了，只好乖乖地投降，因为罪证确凿，难以抵赖。还好，有惊无险。姑娘们上楼之后，老公长长地吁了一口气。转而，对扎克这个挑事者更是气不打一处出。他这次不去按门铃，而是直接敲响了楼下公寓的门。

他敲了一分钟后，扎克终于千呼万唤始出来，露出了那张因失眠而失去血色的脸。

"你不是打电话要我们过来，收集楼上吵闹的证据吗？怎么静得连你自己也睡着了？"老公劈头盖脸就给了他一阵连珠炮。

"你们来得太迟了。"这小子依旧带着抱怨的口吻，不以为然的答道。

他真是吃错药了！天底下有哪个房东会在半夜三更应房客的要求，半个小时不到，就驱车飞过几十个街口来实地考察，现场解决问题的？而如今他闹了个大乌龙，不仅没道歉，连声谢谢都没有，还依旧怨声载道。

"她们才停了不久。我也刚好合了个眼，又被你们叫醒了。"他揉着双眼补充道。

老公和我面面相觑，不知如何应答他是好。

"既然如此，我们就不打搅了。你回去睡个好觉吧。"我冲他说道，心中恨不能把他那两只敏感过头的耳朵给拧下来，这样，他就可以永远睡安稳觉。

我们只好偃旗息鼓，打道回府。回家的路上，老公嘴里不停地吐着那个 sh＊t 字。我只好把耳朵捂上，以免被那龌龊的"沼汽熏死"。

回到家，我那心中的火山熔岩在不停地翻滚，却找不到出口，便拿起一大杯的 iced tea，昂起脖子，咕噜咕噜一口气灌了下去，把那熔岩的热焰降了下来。老公却似刚从森林里被逮着，放进笼子里的雄狮，鼻孔里不停地喷出怒火，在客厅的走道里来回踱步，不停地哼哼。

旭日却无视我俩的怒焰，欢天喜地地跳出了地平线，把金灿灿的阳光，投进我们阴暗的客厅。

我的睡眠，被扎克这该死的傢伙残酷地夺走了。我坐在窗前，望着窗外明媚的阳光，思忖着怎样好好地教训他一番。

一双稚嫩的小手突然绕上了我的脖子。转过头去，看到小儿子那跟阳光一样灿烂的笑容。顿时，我心中的熔岩停止了涌动。

"Good morning, Mom."儿子甜甜地在我的脸上啄了一下。他那红棕混杂的头发在阳光下闪烁着美丽的光泽，水密桃般的小脸蛋上，点缀着一些巧克力色的雀斑，一双半蓝半黑的眼珠子，深藏在那长长的棕色睫毛下。

"Good morning, baby."我把他一下揽在怀里。让该死的扎克见鬼去吧！我在心中呐喊着。

"Mom，我们今天去迪斯尼乐园吗？"儿子期盼地问道。

对啊，我竟被扎克这小子弄昏了头，忘了和儿子今天早上十一点飞往洛杉矶的飞机。昨晚睡前，我满心欢喜地在网上定好了票。我看了一下表，已是六点半了。我赶紧叫老公给我们弄些吃的，便转头去整理行装。

在飞机上，我终于昏昏然的迷糊起来。可还没入睡，飞机就到了。

刚上小学一年级的小儿子，一路上兴致勃勃地谈论着他的最爱 Snoopy，和 Donald Duck。我只是迷糊着眼，哼哼哈哈地应酬着，脑子里依旧晃动着扎克那苍白，神经质的脸，耳边回荡着他那没完没了的抱怨。

在洛杉矶几天的时间中，我不时地电话叮咛着老公，密切注视扎克那小子的动静。

老公最后火了，在电话里向我怒吼："究竟我是你的老公还是扎克是你的老公？"说完就挂断了电话。再打时，只能对着他那千篇一律的留言。糟了，我的统一战线出了问题。

我急着要赶回去，可儿子却爱上了那迷人的白雪公

主,不肯回家。这小子,情窦也未免开得太早了。为了对付扎克,我只好让儿子斩断情丝,"魂"断 Disney。把他连拖带拽的拉出了 Disney Land。

路上,遇到了一个视天下事为己任的白女人,她怀疑我这个亚裔"保姆"对这白人孩子有虐待之嫌。

"Why are you crying, little boy? Is everything OK? "(你干嘛哭啊,小孩?没事吧?)她在儿子身边蹲下问道,一脸的关切。

儿子一边抹着泪,一边点着头看我。

"Everything is OK(没事)。Thank you。"我笑着回答。心里不禁骂道:真是多管嫌事,没事找事。

这白女人脸上的狐疑越发凝重,她没说什么就消失了。

我们母子俩在等着把游客带往停车场的 Disney Land 里的敞车时,两位女警察把我们叫到一边。我惊愕地问她们想干什么。一位女警把儿子拉到一边,另一位便跟我进行了严肃的谈话。

"那小孩的父母在哪儿?"她用审视的目光盯着我。

"你说什么?"我一头的雾水。

"我问你,那小男孩的父母在哪里?"她提高了声调。

"我就是那孩子的亲妈呀!"我不解的回答,声调比她的还要高。

"是吗?把你的身份证或驾照拿出来给我看看。"

她半信半疑地说着。

我诚惶诚恐地把驾照给了她。她一边看看驾照，一边迷着眼，仔细地打量着我那不起眼的五官，仍拿不定主意。也不能怪她，那照片是八年前拍的。与房客的八年抗战，能不让我这张本也风姿绰约的脸布满沧桑吗？

这时，我那因受女警的惊吓，从情窦初开的困惑中猛然醒悟的儿子，带着那灿烂的笑脸向我跑了过来，嘴里不停地嚷着："Mom, Mom"。

两位女警这才向我道歉，微笑着目送我们上了敞车。感谢上帝，我没有失去儿子！

回到家，我一放下行李，没等我开口，老公就朝我开了炮。

"你的扎克最近安然无恙，也没骚扰我。还算他识趣，否则，我要让他吃不了兜着走。"老公的语气里火药味十足。

"Darling（这字眼是恋爱时我对他的称呼），你有必要为他吃醋吗？我只是担心你一个人对付不了那小子，因此想给你出谋划策，做你的后盾嘛。瞧你这死脑袋，竟为这个吃醋。"说完，手指戳了一下他的脑袋。

这些话犹如新鲜的 HONEY，久旱的甘露，使他那阴云密布的脸，立刻阳光普照。他随即把一位客人给他的，关于购买声音分贝探测器的网站地址给我，叫我去

把那设备买来，悄悄地安装在楼下的天花板上。那机器可以录下所有的声音，并测出声音的分贝是否高过正常的指数。我一看，如获至宝，立刻就一头扎进了电脑。

电话铃突然响起，我神经质地拒绝接听，生怕扎克那幽灵般的声音再来噬咬我的脑髓。

老公拎起了话筒，果然是扎克那小子打来的。我不由地绷紧了神经，双眼紧盯着老公的脸，从中判断：是小小闷雷还是狂风暴雨。

只见老公的脸上由严肃到咧开双唇，然后，一个劲地笑着说："Great, Great, thank you for letting us know。"（太棒了，太棒了，谢谢你通知我们。）

没等他讲完，我急不可耐地问道："怎么回事？什么太棒了？"

原来是扎克的前女友也到本城工作。他们俩重归于好，俩人在外面找到一个更大的公寓，过几周就搬走。

我长长地吁了口气，不禁感叹道："这个世界要是没了爱，那会是多么得恐怖？！！

我美美地睡了一觉，准备到教堂，去好好感谢耶稣他老兄，给我们这些凡间罪人带来了博爱。还没出门，第一幢房子的隔壁邻居，满面愁容地出现在我家门口，叫我给他翻译一下法庭给他送来的状纸，有人把他告上了法庭！

鸡同鸭讲

我忙把这邻居让进了客厅，去教堂的事就先搁一搁，我想耶稣老兄会原谅我的，毕竟"爱你的邻居"在《十戒》中跟爱上帝一样重要。

这邻居在美国的历史比我长。因此，我对他的尊称是"老华侨"。不知不觉，这就成了他的代号。当年，我和老公，能在那以黑人兄弟压倒多数的地区，买下我们的第一幢房，还多亏了"老华侨"。

从小到大，脑子里灌输的就是要"当家做主人"，而"不做任何人的奴隶"。为了摆脱做房东的"奴隶"，也尝尝翻身做"主人"的滋味，便急着找房子做"主人"。根据我和老公在银行里的那几个零的数字，我们只能在少数民族区里，当个小小的"主人"。

按地产经纪给的地址，我便在休息日，独自去看房。虽然老公一再叮咛，要等他休息时一起去看，但我总想捷足先登，先获得第一手资料，届时，和他讨论起来，

就可以振振有词，先声夺人。

　　还没到那房子，我就被沿途黑人兄弟们那些热情欢迎的目光，吓得夹起尾巴往回跑。结果，慌不择路，乱了方向，想停下来问问路，本能却催促我：妹妹，你赶快往回跑哇，往回跑，莫停留，此处的"高粱"还未成熟（这区的房子我还不敢买）。因此，我开着车，径直往回冲，东奔西撞，怎么也找不到返回的路，却撞到了"老华侨"的家门口。一看到这同胞的脸，我宛如在无边的沙漠里，见到那小小的绿洲，抓到了救命稻草，于是"哧"的一声，来了个急刹车，车轮的抱怨声，惊动了在车房门前洗车的"老华侨"。

　　我的出现，在"老华侨"的眼里，犹如外星人降临。他由水管里的水放任自流，双眼直愣愣，半天没言语。乘他观望之际，我停好了车。

　　"先生，你好。"我从车里钻了出来，高声嚷嚷道，生怕他听不懂。

　　"你好。"他木木地回答着。

　　而我仿佛有多少贴心的话儿要向他倾诉，不管他愿不愿意听，不到几分钟，就把自己如何独闯"龙潭"去看房，又如何"不战而败"往回逃，到眼下似只无头苍蝇，分不清东西南北，找不到回家的路的窘境，一股脑儿地向他倒了出来。

他听完后，禁不住笑出声来，接着，便用广东人特有的普通话说道："哦，你要买房子呀？那你就瞎猫撞上死老鼠了。看你是唐人，我才告诉你，我隔壁这房子正在卖。房主也是唐人。他们在好区看上了一幢房，所以他们正准备把这房子挂牌出售。我就怕新房主是些不三不四的人，有麻烦。如果你能做邻居，那就太好了。"

果然如了他的愿，我们真的当上了邻居，而且是好邻居。

"老华侨"父亲当年猪崽般的被卖到美国来当苦力，在苦水里泡了大半辈子，终于苦尽甘来，把老婆孩子，从广东台山，举家移到了北美。

"老华侨"来美时已结婚成家。为养家糊口，他一头扎进唐人街的中餐馆，拿起了锅铲，日月星辰便在炒锅里转。老婆也夫唱妇随，以锅碗瓢盆，奏起了夫妻店的交响乐。若干年后，他们省衣节食，凑足了钱，不需看银行的脸色，继承父辈拓荒的精神，在这文明国度中，被"文明"遗忘的角落里，买下了作为立足根基的房子。

出于祖传的精明，他把楼下车库后空置的储藏间，经过艺术加工后，自作主张地改装成了财源不止的in-law（不合法的姻亲）来出租。因他这地区山高皇帝

远，没人管他合不合法，反正大部分租客也是不合法的，正合了那句"物以类聚"之说。

这些年来，这in-law，似只不用吃只下"蛋"的"金母鸡"外，从未给他带来什么麻烦。

但今天，这"金母鸡"生病了，得了不死不活的"疑难杂症"。

"老华侨"顾不上喝我给他泡的茶，屁股一坐下，又弹了起来，我那柔软的皮沙发仿佛垫了针毯。

"昨天下午，一个律师楼的人找到我家，把这状纸特意送给我，还要我签字。我又看不懂。可儿子十二点回来后，搞不清他是真看不懂还是真累了，只告诉我这是法院的状纸。我一听，一个晚上没合眼，想想，就我儿子肚子里的那一点儿墨水，信不过，只好一大早来找你了。""老华侨"满脸焦虑，语调沉重地说道。

说起他儿子，也是个人物。按他本人的话来说：他是ABC，是第二代移民——土生土长的美国人。可按他爹的话来讲：他就是根"烂香蕉"。

唐人把在美国出生的孩子称为外黄里白的"香蕉"。这些孩子虽外表是黄皮肤，但骨子里已美国化了，思维办事学着白人的道。而"老华侨"却认为：儿子从小到大，不学无朮，一个心思当其他民族时装品牌的"代言人"，什么"耐克"啊，"雷宝"啊，钱投进不少，却没见有任何斩获，连张高中文凭都没拿到。只能接过他的锅铲，跟着他的"日月星辰"转。"瞧瞧他那模样，正经本事没有，还把自己当根葱。""老华侨"对儿子叹息道。

随着各类移民如潮水般地涌入，他这地区开始物换星移，"旧貌换新颜"，出现了各种脸孔，就像那京剧里五花八门的脸谱，让他目不遐接，难以应对。

去年，他的旧房客，一个中国留学生搬走了，把个墨西哥裔带了进来，对他说：新房客是他的"阿米哥"（墨西哥人的谑称，意"老兄"）。他想，既然是老房客的"米哥"，也就放心地租给了他，连租约都按那中国留学生的，只是拿了他复印的驾照而已。

过了几个月，这"米哥"开始拖欠房租。儿子因怪父亲没给他创造个美好的未来，让他一个铁骨铮铮的汉子，整天围着锅台转——郁闷，因此对父亲的事，不闻不问，把个"老华侨"急得把祖宗八代一一数落过去。而儿子的一个"Stupid!"，就让他大眼瞪小眼，哑口无言。无奈中，他便来找我。

出于对"老华侨"常免费帮我打扫门户，替我浇灌门前花圃的感激，我便替他做点"文字"工作，给予回报。几个月前，替他打了一份"Three-day notice, Pay or

Quit"（三天内交租或立马走人通知）。老华侨把这通知贴在了"米哥"的门上。"米哥"果然老实了几个月。

几星期前，"米哥"带来个"米弟"。两人鬼鬼祟祟。不知心怀何种鬼胎。"老华侨"那精明的脑子预感到"墨西哥的热带风暴"就要来了。但他全然表现出一种人在"自然灾害"面前束手无策，不知如何防范应对的无奈。

一天早上，他只见"米弟"不见"米哥"，便问道："MIDI, Where MIGO?"（"米弟，米哥在哪啦？"）（这英语听起来就像: where Mi go? ）

"I go to work."（我去上班）"米弟"回答道。

"OH, good, good."他满心狐疑起来。这"米哥"最近老呆在家里，让他家的水电费涨了不少。怎么今天一大早就上班去了呢？转头一想，又为那要省下的水电费乐了。

没过多久，"米哥"回来了。这次，他却带回一个陌生人。

"How are you doing? My name is John, I am from the city Building Department. Come to check your house."（你好，我叫约翰，从城建局来的。来检查一下你的房子。）陌生人伸出手来和他握了握。随即给了他一张名片。

"要租 house? Good, good."" 老华侨"握了握他的手，不禁纳闷：这人要来租房，可"米哥"没说要搬啊？反正有人要租，也不错。

半小时候，这人走了。"米哥"喜眉笑眼的送走了他，却用那诡异的目光看着"老华侨"。

次日上午，他家门口便出现了一张城建局的通知。他慌慌张张地跑来找我，要我念给他听。

我一看那通知，吓了一跳，仿佛这是冲自己来的。

城建局通知"老华侨"，他楼下的 in-law（地下室姻亲），是非法建的。勒令他三十天内拆除，否则罚款，或政府将采取行动，所有的开销将由房主出。

他一听完我翻译的话，立即瘫在了我家门前的楼梯上，仿佛整个世界垮了下来。

看着白发苍苍、满脸皱纹的老邻居，我的心中生起了无限的同情。我把他扶进屋里，搜肠刮肚地安慰着他。乘他在发呆之际，我上了城建局的网站，看看有什么补救的办法。

果然，他可以到城建局去补许可证，不过这要经过非常繁杂的手续，而能否被批准仍是个未知数。于是我打电话给我的建筑设计师，他是一位资历悠久，经验丰富的中国人。

"老华侨"木呆的脸立即有了起色，黯淡的目光又炯炯有神。他和设计师联系上之后，就精神抖擞地回去迎接房东和房客这场没有硝烟的"战斗"。

　　几个星期过去了，没见"老华侨"上门，我以为，他的战斗已转败为胜了。没想，房客竟把他告上了法庭，声称：房东租给他不合法的住处，如今让他在三十天之内搬迁，给他的精神造成了极大的压力，致使他失去工作，精神处于崩溃的边缘，要房东赔偿他的工资和精神损失。赔偿费要十万美金。

　　听到此，"老华侨"整个人，倒在了我那皮沙发上，即便那上面有千根针，他也没知觉了。

　　我一看，全身冒起了冷汗，心里在不停地祈祷：上帝老爷，千万别让"老华侨"去见您，眼下还不是时候。即使他来了，也请您务必高抬贵手，马上把他送回来。

　　在上帝老爷的仁慈协助下，"老华侨"终于缓过气来。他竟"呜，呜，呜"老泪纵横地哭了起来。"我除了这条老命外，哪来的十万美金？去年儿子结婚，把我的家底都掏光了。呜，呜，呜……"

　　是啊，这可是要他的命。他的事看来就是我的事了，做邻居这么多年，总不能袖手旁观，见死不救啊？要不，将来怎么去向上帝老爷报到啊？我私下里，打定主意，助他一臂之力。

　　一想到此，我便拨起了我律师的电话，把"老华侨"的不幸情况，简要地向他介绍了一下，叫他把咨询费算

在我的账上。

　　律师就是律师，他们的眼除了认"money"之外，其它的，都成了为他们的口袋添 money 的"cases"（案子）。他一开口就说要我预约，带"老华侨"去"CONSULTATION"（咨询），看在我属他老顾客的份上，这咨询是免费的。但我心中明白，一旦他叫我们去咨询，那就是他嗅出了这是一块非常不错的肥肉，他可以谋划着：是慢火清炖好呢，还是直接"barbecue"（烧烤）。

刀俎之肉

　　在面对前面是"刀山火海"，后面是"万丈深渊"的选择时，大多数人会选择后者，因为后者的影像不如前者来得恐怖和直接，而且侥幸的话，还有一线生机。

　　"老华侨"在面对"米哥"的勒索和律师的"宰割"中，他选择了后者。

　　星期一上午十点钟，我带着老华侨，来到了Liberman 律师位于金融区最繁华地段的写字楼。

金饰雕刻，古色古香的拱形大门，使"老华侨"止步不前。他那怯懦试探的目光仿佛在问：我这一进去，能活着走出来吗？而我这前任"幸存地羔羊"只能暗示他：别怕，我只是把你带来，让他们剪"羊毛"的，要不然，你那"羊毛里的虱子"会把你的血吸干。

得到这若有若无的保证之后，"老华侨"终于壮起胆子，跟我来到三楼 Liberman 律师事务所。

其实多年以前，自己头一次进这幽深大门而产生的那种"羔羊待宰"的心情，并不亚于"老华侨"。

我和老公的第一位房客，从其他房东那榨了不少油水之后，尝到了甜头，便想从我们这刚下海的房东身上大捞一把。他拎着玻璃瓶里不知培养了多久的宠物——两只小老鼠和五只大蟑螂，把我们告上了法庭。法庭的状纸一来，我就成了怕挨打的老鼠，缩在自己的窝里不敢出门。

我们的地产经纪得知后，就把 Liberman 这位本城赫赫有名的大律师介绍给了我们。据地产经纪做的广告，所有那些刁蛮难缠的房客一遇上 Liberman 律师，都落荒而逃。因此，我们急病乱投医，也不摸摸自己口袋有多鼓，就两眼一抹黑地摸到了 Liberman 的律师楼来。

一见到 Liberman 律师，宛然见到了莎士比亚《威尼斯商人》中的那个"夏洛克"，生怕被他活活地割下

"一磅白肉"，两只脚就不自觉地退到了牛高马大的老公后面。反正老公多余的肉有好几十磅，要割先割他。

所幸的是，这位"仁慈的夏洛克"只是把我们身上的"羊毛"剪得一根不剩而已。他取走了我们一万多美金的全部积蓄，才和那吸血的"老鼠蟑螂爸"达成了庭外和解。而那吸血鬼，硬是白住了两个月后才搬了出去。当我在为那失去的一万多美金和两个月的租金痛心疾首时，老公却高兴地又说又笑。我真不明白，他有什么好乐的。他却说：至少，我们的身子还完好无损。他说得有点道理。皮之尤存，何愁毛焉？

凭借自己"好了伤疤忘了疼"的经验，我把"老华侨"领进了这"屠宰场"。接待室漂亮的小姐，把我们引进了装饰豪华的会客室。"老华侨"在闪闪发亮的皮沙发上，忐忑不安地坐了下来，一双手规矩地端放在自己的大腿上，全身僵硬，面无表情，俨然前面就是"万丈深渊"。

Liberman 律师过了半个小时才走了进来。"老华侨"一见到他，立即站起，毕恭毕敬的向他鸡啄米似地点着头，嘴里喃喃自语。似乎在恳求着"夏洛克"：千万别对他动"刀叉"，"剪羊毛"尚可。

一坐下，"夏洛克"就把状子浏览了一遍。继而，他朝那高背的皮沙发上一仰，双手往胸前交叉一抱，那

老鹰似的目光，像是看穿了我俩的五脏六腑。他把案子说的如何如何的严重："老华侨"没经城建局批准，擅自加建in-law，这已构成违法，再向房客隐瞒事实而出租，则是罪加一等。我把这翻译给"老华侨"，他两眼便翻起了白。我赶紧加上自己的注解：这还有待调查。"老华侨"的两眼才转直了。

出于兑现我对"老华侨"那可怜的"承诺"，我立即问"夏洛克"，假如那in-law是前房主盖的，而"老华侨"是在不知情的情况下出租的，那么，这就不是他的罪吧？

"即使那能说得过去，你又如何能证明？那in-law是否合法，房主有责任弄清楚。""夏洛克"昂起他那老鹰似的脸，锐利的目光杀气腾腾。

原本是来找你庇护的，没想到，你倒先当起了阎王判官。难道天底下就你一家律师楼？非要吊死在你这棵"歪脖子树上"？为了保护"老华侨"，我准备带他"撤"。

"若是这样，就不占用您宝贵的时间了，我们只好回去想别的办法。"我说着就立起了身，示意老华侨离开。

我俩一走到门口，"夏洛克"却冲着我们的背影发了话："你们若能多呆一会儿，我也许可以帮你们查一查，看是否有一些相关的法律可循。"这老狐狸见到嘴的"肉"要飞了，又开始唱起了动听的歌。

我倒想听，他有什么好"歌"要唱。于是，我把老华侨带回了原位，反正这咨询是免费的。

他从红木书架那一排排厚厚的书籍中，拿出一本看似有几磅重的精装本，娴熟地翻了起来。几分钟后，他摘下金丝眼镜，一双大而微突的蓝眸紧盯着我说："有这么一条不成文的规定叫着 Grandfathered-in（祖先规定），就是说，如果这 in-law 是在很久以前，政府在没有对 in-law 有什么相关法律限制时建成的，而过后没有作过任何修改，那么，这 in-law 现在就是合法的。"这老狐狸终于抛出了诱饵。

我把这些话尽量明了地翻译给了"老华侨"。

"老华侨"一听，马上问道："那有救了？"他那毫无生机的脸上，立刻春意盎然，那精明的脑子，马上恢复了功能。如果这条规定能用到他的案子上来，他不仅可以摆脱"米哥"的纠缠，还可以保住他的"金母鸡"。真是一箭双雕啊！

他赶忙问律师有多少胜算。"夏洛克"回答说：多少胜算要上了法庭才知道。

此刻的我，已成了两人的"传声筒"。他俩把我撇在一边，两对精明的眼睛互相对视着，进行着中犹（中

国人和犹太人）之间的较量。

　　"老华侨"问律师要多少钱才能打赢，"夏洛克"便报上了价钱：$250.00一个小时，一堂庭审一万美金。他紧接着补上一句：以他的经验，一堂庭审就能见分晓。这时，他的目光仿佛像X光射线，在透视着"老华侨"肚子里的花花小肠，而"老华侨"那细长的眸子也紧盯着"夏洛克"，撑起了一道抵挡"辐射的屏障"。他对"夏洛克"左手一个食指，右手五个手指不停的比划着，意为：他顶多就只能出个一万五。行，就干，不行，就拉倒。

　　"夏洛克"也用食指和拇指合成一个圈。OK，成交。他立即把一分事先准备好的文件推到"老华侨"面前叫他签字。

　　我一看，不对劲，试图阻止"老华侨"签字。"你今天没带钱来，怎么签？"我就此提醒他。

　　"对啊，我没钱，不能签。""老华侨"不无遗憾地说。

　　"夏洛克"似乎看出了我的用意，一边冲着"老华侨""OK，OK"，一边指着签名处，把金笔塞到"老华侨"的手上。

　　在"夏洛克"这只老狐狸动听的OK，OK声中，"老华侨"不顾我的阻拦，接过笔，认认真真地在老狐狸的retainer agreement（聘请协议书）上签下了他的大名。

我立即对"夏洛克"说，这份文件不算数，因为"老华侨"不知道自己签的是什么。至少，要等我把整个文件翻译给他听后，他才能做出正确的判断。

老狐狸似笑非笑着对我说，没关系，他会给我一份复印件，我可以回去给"老华侨"逐字逐句地翻译，能教他把那文件读得滚瓜烂熟更好。我不禁心里回敬道：别高兴得太早了，反正他还没交钱，你就画"肉"充饥吧。

回家的路上，我把那"聘请协议书"的内容给"老华侨"费力地解释了一通，告诉他，那上面没有明确地写明：花一万五美金，就可以把"米哥"打发掉，或保住他的"金鸡"。

"老华侨"却说：律师答应只要一堂庭审就能见分晓，那不就是能打赢吗？再说，我要是找个不怎么滴的律师来打，钱就好比扔进水里，连个影子都没了，还没结果。

看来，"老华侨"自有主张。但我还是劝他等等，我多问几家再说：货比三家，才心中有数，别像我当年硬是挨"宰"。

"老华侨"却耐心有限，再加上前有"米哥"，后有城建局的围堵，他便逼着儿子跟他去见了"夏洛克"，先交了"五千元"的预付费。

没过一个月，"老华侨"心急火燎地拿着"夏洛克"寄给他的账单来找我。

　　天啊，那账单有好几页，罗列了各种各样的费用开支，甚至有"米哥"打电话给"夏洛克"，或"夏洛克"打电话给"米哥"的"谈天说地"费，全按分分秒秒计算。不知他用的是那个行星的计算办法，尽弄出了八千多美金的账单来。"老华侨"那五千元预付费连做了什么都不清楚，他还反欠了"夏洛克"三千大洋。

　　我立即拨通了"夏洛克"的电话，老狐狸一听到我的声音，得意地高声向我问好，似乎在说：谢谢你给我送来了一只"肥羊"。

　　"Liberman 先生，你怎能凭着这些流水账就收他八千多块钱？"我毫不客气问道，心里暗骂：你真是割肉不见血呀！

　　"哦，邦德太太，你不会不明白我的计价是以时间计算吧？一小时两百五哟，这是讲好的价。这只是开始收集资料，构筑案子的费用。你懂吗？"

　　"你不是说只要查出那 in-law 是否符合'祖先规定'，这案子就迎刃而解了吗？"我愤怒的问着，声音震得话筒"呜呜"作响。

　　"你不用高声嚷嚷，我听得见。至于怎么打官司，用不着你来指教。顺便问一下，你上过几天法律学校？"他问道，那嘲弄的语调从电波里直接钻进我的脑袋，使我当既挂断了电话。

我望着"老华侨"半天无语。

"老华侨"坐在沙发上两眼发呆。他的"羊毛"不用多久就会被剪光，接下去，他就得挨"刀"了。那月结单附着的信，要求他付清所欠的三千元外，再交上五千元作预付费。否则，他们将结束这个案子，并追讨他那三千元的欠款。这不是把"老华侨""热锅油炸"了吗？

"我刚把三千块钱给了设计师，他说城建局已在审查我的案子，也许，他可能救下我的金鸡，但'米哥'怎么对付？这律师的'狮子口'要怎么填呀？"他唉声叹气道。

这时，老公的一位警察朋友路过，来拜访。我顺便把"老华侨"的难题告知了他。

"没想到这墨西哥人也这么难缠？"我叹了口气。

"是墨西哥人？有他的身份证或驾照吗？"警官朋友问道。

"你问这干什么？"我觉得他当警察当出病来了，开口闭口就是身份证或驾照。

"你别管，让我看看。"他坚持道。

我立即转向"老华侨"，拿过他那随身带来的档案袋，从里边搜出了"米哥"的驾照复印件。

他二话没说，转身到他车上的电脑核对去了。不一会儿，他嘻皮笑脸地向我要赏金。"你和你朋友要怎样

感谢我？我替他打赢了官司。"

"你别尽逗人开心。凭你那么查一查就可以打赢官司的话，那律师行不都得关门了？"我讥讽道。

"这傢伙是个非法移民。这驾照是假的。这'阿米哥'把他的头像安在了一个已死去的人的驾照上。不知他花了多少钱买到这张驾照。"他满脸严肃地说到。

"真有这回事？！"这简直是天方夜谭，我难以相信自己的耳朵。

邪不胜正

警官朋友随即说道："这'阿米哥'在哪里？若发现他的行踪立即打电话给我。"说完，把他的电话号玛给了我们。继而，他给我们推荐了一位律师，把那律师的号玛也写在同一张小纸片上。警官朋友前脚一走，我就和新的律师联系。

新的律师叫 Whitman。从话筒里传来的声音，使我想起了慈祥的父亲。我把"老华侨"的情况简略地向他介绍了一番。他听完后，便说：若他的房客实属非法移民，"老华侨"就不再需要律师了，因为对方会自动撤消起诉。不过，如果"老华侨"还有事需要他，尽管和他联系。

"老华侨"哑了许久，看我放下电话，终于按奈不住地问道："'北方妹'（因为我说国语，他便称我为北方妹），你的警察朋友怎么说呀？"他从我的脸上闻出了一线希望。

"你有救了，'老华侨'。你那'米哥'是非法移民。他把一个死人的驾照偷换上自己的脸。这恶人还如此嚣张地把你告上法庭。这下他是搬起石头砸自己的脚。他还在你家住吗？"我想起了警官朋友的交待。

"你说什么？"他嘴巴张得老大，精明的脑袋一下无法接受如此多的突变信息。

我便把"米哥"这一非法移民的概念向他进一步阐明。"你那'米哥'为了由'黑'漂'白'，便由'活'到'死'，然后再由'死'转'活'，最后由'幽灵'变成'活鬼'来吸你的血啊！"我一字一顿地对他说道，至于他如何溜进美国，我无法向他解释。

这一解释把"老华侨"吓得一愣一愣，最后从座位上站了起来，脸色由黄变白，由白变青。

我发现自己的解释离目的越来越远，只好打住。直接告诉他，这"米哥"不是鬼，只是个骗子。他没有身份，

便偷了一个死人的驾照，用那死人的身份来租他的房子。

"哦，他是个骗子。""老华侨"恍然大悟，如释重负。"骗子还恶人先告状，太过份了！"。他咬牙切齿道。

感谢上帝，他终于跟上了拍。

"他还住在你家吗？"我问着，心里在思量着如何打点"米哥"的对策。

"最近不常见他，但他的东西还在。""老华侨"不解地说。

要让警察逮住"米哥"，至少要知道他的行踪。最好现在不要打草惊蛇，这样也不会对"老华侨"造成伤害。否则，"老华侨"在明处，"米哥"在暗处，他要是报复起来，那不知会给"老华侨"带来怎样的灾难。

于是，我也把对付"夏洛克"的想法告知"老华侨"：不必再用那老狐狸，我帮他打一封信，向消费者委员会投诉Liberman不合理的乱收费。拒绝支付他那三千元欠款。

"老华侨"连连点头称是，并谢个不停。

我马上拨通了Liberman的电话。告知他："老华侨"将转律师，并向消费者委员费，投诉他的不合理收费，同时拒绝付他那三千元欠款。

老狐狸一听，沉默了片刻后，说：看在我的份上，他就免去"老华侨"那三千元，条件是，"老华侨"不许去投诉他，否则，他依然要向"老华侨"追回欠款。

我即刻替"老华侨"打了一封他要和 Liberman 律师解约，并要 Liberman 把更改的结账单寄来的要求信件，让"老华侨"签了字后，到附近的邮局用 certified mail（有证可查的邮件）给老狐狸寄了去。

就这样，"老华侨"摆脱了"夏洛克"的"刀俎"。

既然我要去自己的出租屋收租，就顺便把乘公车来的"老华侨"捎回家去。

一到目的地，停好车，就看见"米哥"和"米弟"在向门外的白色 dodge caravan 房车里搬东西。

"哪个是'米哥'，哪个是'米弟'？"我问"老华侨"。

"那个大个子的是'米哥'。""老华侨"指着走在前面的"米哥"说。

我一看"米哥"的脸，觉得不大像那驾照上人，立即把"老华侨"的档案袋拿了过来，搜出那张驾照。

上帝呀，那驾照上是"米弟"的脸！这真是奇上加奇！这对"米"兄弟真是欺诈的旷世奇才！

也不能怪"老华侨"没能分辩出那驾照上的真实相貌。这些墨西哥人的脸谱对他来说就像是白人看亚洲人：都是细长的双眼，外角往上吊，小而矮的鼻子，在黄色平原般的脸上，难以登高望远，不易展现出一道亮丽的风景线。

而这一对墨西哥人，此刻在我的眼里，他们那树墩

般的身材，显示出祖先印第安人，那坚韧不拔，吃苦耐劳的精神，脸上却体现了他们的另一祖先——西班牙人，那冒险家的阴险狡诈。

我把这兄弟俩用同一张驾照来欺诈他的事，告知了"老华侨"。这一发现又使他一愣一愣。

下车前，我交待"老华侨"，就当没事一般，他们一走，立即叫人来把大门的锁换掉。

过后，我立即打电话给警官朋友，告知了他这对"米"兄弟的行踪和合伙欺诈的情况；叮嘱他：警车必须在"米"兄弟们离开了"老华侨"家后，做为无照驾驶拦截他们，千万别把"老华侨"和他们的逮捕牵扯在一起。

"米"兄弟们还没开出两个街口，就见三辆警车把他们团团围住。我心中的一块石头终于落了地。

"米"兄弟们的非牟利律师，一听说他们被逮捕，立即到法庭，撤消了对"老华侨"的起诉，否则，他自己将因涉及诈骗而关门大吉。不仅如此，他还要受到联邦政府的起诉，因为他拿了纳税人的钱，帮罪犯欺骗行诈。

在老设计师和城建局的周旋下，"老华侨"的"金鸡"不仅保住了卿卿"小命"，还"脱胎换骨"，一跃成为"祖先规定"的"钻石母鸡"，替"老华侨"世代生"元宝"，而且，生生不息。

第六章

【 黑人邻居 】

......

老公下班一回到家，就跑到后院察看，他先看看市头，再看看市桩，对邻居的如此神速惊叹又称赞。他看着看着，竟看出了名堂，脸上的笑容转眼即逝，不由得怒火满腔。"嘿，Jackson，你出来一下，你这是耍什么花样！"

......

喜迁新居

古人云：远亲不如近邻，恶邻胜过魔灵。搭上善邻或恶邻，就看各人的时运。

早年，我和老公因整日里做着发财梦，而银行存款里那几个不争气的数字，如同营养不良的孩子，总是长势缓慢。我俩发财心切，无力在"主流社区"（富人区）里插上一脚，只好混迹于"少数民族"的 upcoming 区。反正，人要现实，老公的至理名言就是"get down to the earth"（脚踏实地）。

我们把房价和银行里的存款加减乘除之后，终于在白天充满阳光、夜晚枪声不断的 upcoming 区里，买下了一栋有钱的不敢要、无钱的眼冒泡的三层楼大房。但因其价钱不到一些主流社区房子的一半，面积则大几倍，老公连做梦都得意地念叨着："This is a steal!"（这房子买得便宜）

为了银行存款里的那些数字不变成负数，我们俩从Home Depot（建材购物中心）买了本《自己动手》的房屋装修手册，照模样画瓢，利用上、下班或周末的休息时间，敲敲打打，涂、抹、油、画；他抡大锤，我挥漆刷；他铺磁砖，我给地板上蜡，修修补补，成效甚佳。

修好三楼，我们带着孩儿、父母和中国来的侄儿、侄女，喜洋洋地搬进了两千平尺，四房三浴的新家，逃离了一家八口，似沙丁鱼般挤在一起的两房一浴的小小"罐头"公寓。

原以为新房子、新生活、新气象，孰料这房子惹来了一大堆麻烦。

搬进去的头一天晚上，街上警笛长鸣，一家人心惊肉跳，跑到窗前，看着街上的情景，如同在看电影。不远处的十字路口，一辆两门的小车停在了路中央，司机位的门大开，司机不知怎的，半个身子丢在了车门外，搞不清他的魂魄在，还是不在。

只见人们从各处的大门里，如同苍蝇，闻到了血惺，朝那辆车扑去。没等他们将遇害者围起，六辆警车宛然从天而降，把"苍蝇"们驱赶，用黄色塑料带把现场团团围住。

我不顾老公的警告，禁不住移步到楼下门口，只想

凑个热闹。

人们黑压压地围在外圈，兴致勃勃地议论纷纷："又死了一个！"

"昨天那个死在前一个街口！另两个被救护车带走。"

"这个是红帽帮的，昨天那几个是蓝帽帮的！"

"……"

他们仿佛在高声谈论着一桩奇闻轶事，车上的死者与他们毫无关系。

他们的津津乐道，似夏日里的电闪雷鸣，把我本欢喜愉悦的心，震成了无数块碎片。我七魂吓掉了六魄，身子也似闪电般的闪进了住处，生怕迟了一步，那车里不幸者游移的灵魂，会将我黏附（小时常听老人说，刚断气的人，灵魂就在附近游荡）。

我三步并着两步，上气不接下气，前腿带上后退，一口气爬上三楼，关上了所有的窗户。为不吓坏孩子和父母，我一把拉上老公，直往卧室奔走。

"你急什么？现在才七点多，等大家都睡了，我们才好好来一下。"老公嘻皮笑脸地戏谑道。

我把他拉进房，关上门，反锁好，才转过身来对着他，压低嗓门叫道："完了，我们搬进了屠宰场！"

老公的脸就似我的镜子，从他的脸上，我看到了自己的恐惧，只是，他的恐惧模仿得怪里怪气。"'我们搬进了屠宰场！'值得这么大惊小怪吗？不就死了个人吗？我叫你别下去嘛，你偏不听。"他幸灾乐祸地说，这人命关天的大事，在他的眼里，似乎不值得一提。他仿佛身经百战，这只是小事一桩。

"你知道那车里的人是给人开枪打死的吗？！他是红帽帮的，昨天死了个蓝帽帮的，还有两个在医院，不知是死是活！这太可怕了。我们怎么能在这住下去？"我吓得没了主意。

"真有这事？"老公听了，收起了戏谑，沉吟了片刻，为不让我终日惶惶，安慰道："别怕，从今往后，咱们小心为妙，下班早归家，没事别出门。把所有的红蓝帽子扔进垃圾桶。"老公不愧为主心骨，快刀斩麻，当机立断。

当天晚上，全家手忙脚乱，翻箱倒柜，把所有的红、蓝帽，一个不留，全扫地出门。大儿子和侄儿，为告别他们球队的红帽而哀悼了半晌。

老公虽嘴上说不怕，可晚上回家，不得已把车停在远处时，他这本区的"稀有动物"（整条街上，见不到他这样的"白象"），为避免被人抓捕，避开人行道，在马路中央跳巴蕾舞，以躲避来往的车辆。

　　侄儿不务正业，一心要做乔丹第二。每天放学后，在球场上横冲直撞，球场似乎能让他实现梦想，不到日落，不把家返。他的伟大志向，却苦了我这个做监护人的姑妈。我每天下班后，得到离家一个多街区的公车站去接他。

　　公车站旁的一家杂货店，总是人来人往，不知为何生意如此兴旺。

　　那天，我第一次走进这家热闹非凡的杂货店，人们一看身着黑色皮夹克的我，恍若一群鱼儿，惊悉鲨鱼出现，顿时摇头晃脑，成群鱼贯而出。

　　我在店里逛来逛去，拿拿这包 chips（薯片），看看那瓶饮料，一看公车在外面停靠，立即跑到门口，目光搜寻着侄儿那黄色的棒球帽。没见侄儿，又逛回店里，逛了半天，一物没买。

　　不时见有人进来，双眼似老鹰的巴基斯坦裔老板，目光紧紧地盯着我，对来者高喊："No cigarettes，No liquor（不卖烟，不卖酒）！"

　　这声高喊吓跑了来者，令我万分困惑。他身后的柜子里，烟酒成摞，为何有生意不做？

　　带着这一困惑，我回家后和老公琢磨。没想到老公一听，两眼立即圆睁，严厉喝斥："你不要命了？干嘛

闯进那毒品店？"

"哦，原来那是个毒品店啊！"我恍然大悟。"但那些人怎么会怕我？"我又困惑。

"他们以为你是便衣警察。"老公不假思索。"你最好离那家店远点。"老公警告着说。

次日，我不敢进毒品店，只好在门外徘徊不定。人们一看到我，依然老鼠见猫，避之（毒品店）而过。

为把我这"猫"赶走。"老鼠"们团结一致，采取了果断的举措。他们在公车头一站把侄儿逼下，给他来了顿痛打。侄儿被打得鼻青脸肿，放学后，他得老实到我上班的地方等我一起回家，从此在梦里学做麦克。乔丹。

篱笆的风波

一天晚上，老公在后院吸烟（因夜幕下的前门街道，属于红、蓝帽野战队）。是夜，皓月当空，天高气爽，后院显得格外寂静，他不由得陶醉在这天人合一的境界之中，忘了流逝的时光。

忽然，"嗖"得一声，从右边邻居的后院里，闯出一条庞然大物。那黑影一声不吱，穿过我们两家东倒西歪的共同篱笆，向老公猛扑过来。

老公定睛一看，来者是只硕大的狼狗。不吱声的狗爱咬人，来势汹汹。

老公反应迅速，即刻返身回屋，他还未来得及关门，大狼狗已扯住他的长裤。

说时迟，那时快，老公抓起门边的扫把，用把柄朝狼狗猛打。瞬间，东风压倒西风，狼狗见势不妙，倾刻掉头就溜。

老公举着扫把，乘胜追击至篱笆旁，决意次日与邻居商量，解决这篱笆和狼狗的麻烦。

次日傍晚，他下班回家，未进家门，先按响了邻居家的门铃。

"喂，你找谁？"邻居一见老公，琢磨不定的脸上多了一丝提防。

"你好，Brother。我是你的新邻居，刚搬来不久。不好意思，多有打搅。很高兴认识你。"老公热情洋溢地自我介绍，希望和邻居建立起良好稳定的（brotherhood）兄弟情谊。他望着眼前这位中等个，半黄半黑的 pumpkin pie（南瓜陷饼——黑人对自己按肤色的深浅戏谑的称呼），伸出了友谊之手。

"我能替你做些什么？"名叫 Jackson 的邻居冷冷得问道，口气冷得似南极的冰块。

老公的热情宛然一块烙铁，扔进了冰河。好吧，我也没必要拿热脸去贴你的冷屁股。老公收起了热情，也板着副脸孔，道明了来意。

"你家后院的狼狗，昨晚跑到我家来，要不是我跑得快，我现在就他 x 的见上帝去了。"老公一字一句地申诉着。

"有这回事？我家的狗一直关在笼里，从来就没出来过，怎么会跑到你家去？你大概在做梦吧？"邻居一看眼前这位比自己大了一圈，高了半个头的红毛"白象"（对老公的称呼），底气不足地狡辩着。

其实，他每天都在观察着新搬来的我们。为防我们一家，他睡前，总把狼狗放出铁笼。

他头一天见我们搬进新屋，次日晚上，就心急火燎地去咨询本区的老大——拥有半条街物业的 Bishop 先生。没想到，Bishop 的家里，已挤满了本街靠近我们家的左邻右舍，大家都因我们这家人的出现，而忐忑不安，来向见多识广、七十有三的 Bishop 讨点主张。

我们一家人搬进来之后，这条街就似巧克力蛋糕上，插了个白黄色的小姜人，即破了那和谐的模样，又

损了它的味道。

Jackson 进屋时，一屋子的人仿佛在百鸟聚会，七嘴八舌地议论不停。

"我如果知道这屋子会落到这白鬼的手上，当初我就不会去和那家墨西哥蠢货斗，把他们赶走。至少，他们不会多管闲事。"靠我们家左边隔间屋的邻居Robinson，长吁短叹地说道。(后来，FBI 从他们家搜走了半车的大麻)。

"还说呢，我要知道这房子会被那红毛白象(指我老公)和那香蕉婆娘(指我)买去，我就不会去摘那卖房子的牌牌，早点让别人买走更好。"街对面的Stevenson，心有不甘地接过话题。(他的儿子每天在大街上贩毒，不久后也银铛入狱)

"这红毛白象竟有胆量住到咱们这来，看来是善者不来，来者不善……"背对着我家的 Richman 颇有头脑，一语中的。(Richman 向银行骗了一大笔贷款后，不久宣告破产，搬去了别州，过着逍遥的日子)

"……"

"那小子不是 FBI 也是个便衣警察。大家小心为妙，离他远点。"Bishop 最后总结道。(这些话是后来Bishop 的孙子和侄儿在一起打球时，向侄儿透露的)

　　老公在防备着邻居，邻居也在防备着我们，大家似瞎子摸象，猜测着对方。

　　此刻，老公登门拜访，Jackson 心想：这"红毛白象"一定来找他麻烦，千方百计地抵赖推搪。"那铁笼非常牢固，它不可能跑得出。"

　　"我也不想和你争辩，只想商量一下，把那东倒西歪的篱笆更换，你一半，我一半。"老公免了绕弯，直接了当。

　　"那好说，那好说。"Jackson 的脸上由冬转夏，一脸热情，满口哈哈。"如果你没意见，我可以找人做。做好后，你出一半，我出一半。"

　　"太棒了。一言为定。"老公这次伸出的手，Jackson 终于握了握。

　　Jackson 说到做到，次日，他和工人把旧的篱笆拆掉，新的篱芭也竖起了一半。

　　老公下班一回到家，就跑到后院察看，他先看看木头，再看看木桩，对邻居的如此神速惊叹又称赞。他看着看着，竟看出了名堂，脸上的笑容转眼即逝，不由得怒火满腔。"嘿，Jackson，你出来一下，你这是耍什么花样！"

　　Jackson 闻声从屋里跑出，脸上的笑容异常温暖。"Brother，你看我们做得如何？"

"这篱笆怎么自己长脚，竟往我这边跑？"老公指着竖起一半的篱笆厉声质问。

黑白较量

"哪有这事，我是在原来的线上装上新的木板啊？你大概看走了眼吧？"Jackson 笑容依旧，语调也格外铿锵。

"我家的房子是沿着 Lot 的边沿盖的。你仔细看看，我那房子的墙本是和篱笆成一条直线的。这新竖起的篱笆却偏离了我家的墙，向我这边靠过来半尺宽。你这也看不出来？别给我说你是无意的吧？"Jackson 的卖傻，令老公怒上加怒。

"哪里的事？从我这里看，这篱芭和你家的墙简直就是用激光瞄过的，再直也没了。"身为州桥梁工程职员的 Jackson，站在篱笆的他那边，手指着我家屋墙，眼瞄着篱笆，言之凿凿。

两人在篱笆的各自一边，你一言，我一语争个不休。

"有种的你就过来说！"老公因看不到 Jackson 的脸，愤怒地咆哮。

"你敢过来就算你有种！"Jackson 踮起脚尖，不甘示弱。

可双方都不敢越雷池一步，坚守在自家的后院阵地，争吵的声音一声高过一声，谁都坚信理在自己一边。

老公最后失去耐心，狠狠得抛下句话："你得把这篱笆撤了重做，否则，我会叫你吃不了兜着走。"

Jackson 吓得躲进了里屋，当起了缩头乌龟，任老公东西南北风。

然而，当天夜里，一阵枪响。对这枪声，我们已渐渐适应，习以为常，万没想到，这枪声跟自己有关。

次日清早，老公找不到他的卡车。他只好报警，到警局才知道，他的卡车是昨晚枪战的见证。卡车两边车身布满了弹眼，挡风玻璃也满是窟窿。他惊愕了半天，那些弹眼仿佛堵塞了他的喉咙。他无奈的把车开回了家，把所有的愤怒找保险经纪发。

他这边的怒火刚刚压下，那边又来了一封邮件，让他惊吓得大张着嘴巴。邮件是个小小的包裹，里边装着个发射过不久的弹壳。

老公思前想后了半天，搞不清自己哪来的敌人？除

了和隔壁那 pumpkin-pie 惹了点口舌之外，他至今也没和谁闹到了子弹上膛、你死我活的地步。

为摸清事情的来龙去脉，不想死得不明不白，他致电肝胆好友 Bob 侦探，请他来探个仔细，搞清名堂。

好友 Bob 开着便衣警车出现，车里的警灯闪着红、蓝、白三色之光，他"呲溜"一声停在了我家的车库门前，停了半天才钻出车门。

邻居们的窗户瞬间人头攒动，一双双眼睛似愤怒的葡萄，愤怒的火焰在他们心中燃烧，仿佛要把我家的房子点着。

Bob 和老公在家门前踱来踱去，手脚不停地比比划划，最后，两人踱到了 Jackson 的屋前，敲响了他的房门。

"我是 Irving 侦探，向你了解些情况。"Bob 举着警徽，向 Jackson 自我介绍。

"I don't hear nothing!（我什么也没听到）I don't see nothing!（我什么也没看到）I don't know nothing!"（我什么也不知道）Jackson 没等 Bob 说完，闭着双眼，歇斯底里地嚷嚷。

"昨晚你家门前枪声大作，你怎么会没听见？"Bob 心平气和地问道。

"这里的枪声夜夜不断，没了它，我还真睡不着。"

Jackson 黑白分明的双眼眯成了一条线。

Bob 深知这样的问话将毫无结果，便领着老公来找 Bishop。

满头白发的 Bishop 正拎着一大串钥匙，叮叮铛铛，一摇一晃地在路边走着。他一见 Bob，昏花的老眼似做了手术，一转而成夜明珠，倾刻闪闪发亮，恍若久别重逢的老友，抱着 Bob，亲亲我我，拍拍背，摸摸头，满含亲情地寒暄道："老朋友，你来得真够神速。"

Bob 正要向他介绍老公，他布满皱纹的脸上，笑得菊花儿朵朵开放。他向老公伸出干姜般的右手："你好，邻居，我早知道你是便衣警察，欢迎你加入本社区大家。"

老公听得莫名其妙，正要张口申辨，Bob 捅了他一下。老公无言地笑笑，仿佛默认他这假警察的身份。

"我知道你们来找我的目的，是为新邻居和 Jackson 家的小小磨擦。不过这也没什么了不起，我傍晚到他家里去和他摊牌兜底。"

Bishop 真是个老精明，凡事逃不过他的眼睛。他把老公和 Bob 请到他家，Bishop 太太热情地端水送咖啡。两人在那坐了片刻，Bishop 担保，我们家的事儿定会大事化小，小事化了。

"你跑到人家的部落来，也不先拜见拜见本部落的

酋长。你能不惹事吗？"两人离开Bishop家之后，Bob向老公指点迷津。

"哦，这Bishop原来是本区的老大。难怪，这里的人都经常上他家。"老公对Bishop老头顿时刮目相看。

"他的孙子在NBA里打球，本市的政客都对他点头哈腰。你知道前面那条街的房子半条归他所有……"Bob如数家珍，把Bishop的底细翻了个底朝天。

当天傍晚，Jackson和老公在篱笆前，当着Bishop的面，握手言欢，相互道歉，尽释前嫌。Jackson承认对篱笆做了手脚，愿意撤除那一半并把新的做好。

新的篱笆，在Bishop的监督下，不偏不倚，不歪不扭，直直溜溜，竖起在Jackson和我家的后院之间。从此以后，老公对Jackson家的狼狗不须再担忧，侄儿也重获自由。

几年后，因一件更叫人惊恐的事情发生，我们不得不搬走。邻居Jackson，因儿子卷入帮派的争斗，在自己的家门前，被人连开三枪，当场躺倒在台阶上，撒手人寰。屋子也在半年后易主更名，翻开了新的页章。

然而，邻居们对老公假便衣警察的身份究竟知多少，我们无从知晓。不过，承蒙上帝的庇护，我们家始终安然无恙。

第七章

【 银行的存款差点被人挪走 】

......

我熟门熟路，七拐八弯，似脱缰的野马，超车越线，横冲直撞，心想：这是我的地盘，你能拿我怎样？

突然"砰"的一声。我的车后玻璃震响。我吓得差点断气，但意识到命在旦夕，头脑灵机一动，猛踩油门，急速右转，朝两个街口的警局冲去。

......

梦想一夜暴富

在上世纪美国"非理性繁荣"的九十年代末期，股票不仅成了年轻科技新贵们一夜暴富的捷径，也成了送货摆摊之众，茶余饭后的切磋主题。

"我昨天35块一股，买了一百股 Microsoft 的优质股。今天已涨到41块钱一股了。"开出租车的王老五，喜形于色地对做通衢的邻居张老六说道。

"是吗？我又投下三万去做 Margin 啦（用保证金购买股票，使投机者有扩大其活动规模机会的一种炒股方式。）"张老六极其自豪地夸耀道，那口气仿佛在说：你那只是小菜一碟。

"我儿子在一家电子公司里做了三年，上星期，他的公司刚上市，我儿子分了一万原始股。不久，他那股票一卖，我就不要在这儿摆摊了。"在唐人街摆菜摊的李大婶，乐颠颠地对卖水果的刘二娘透露道。

"我邻居的儿子在电脑公司才做了一年多，就分得两万份原始股。今年他把那股票卖了，一下赚了几百万。他们一家已搬到刚买的豪宅去了。现在夫妇俩翘起脚吃儿子的，不要去唐人街送货卖点心了。"刘二娘虽说自己没本钱吹，但邻居的发迹，似乎也给她的脸上增添了不少光彩。

对股票一无所知的我，也被同事和客户们鼓捣得心儿痒痒，不时地自问：到了河边，干嘛不下水去走走？岂不是来世间白走一遭？瞧这些人，对英语勾来圈去的罗圈字儿不识几个，都敢去玩 Margin，俺至少可以看看专业杂志，观望观望股海风云，探探股场的深浅，才下水去蹚蹚，应该不会出什么差错。再说，买房出租挣钱太辛苦，当房客的受气包更窝囊。

于是，我鼓动老公，开辟新思路，寻找新的致富之途，闯进股市大海，去披荆斩浪，攒个钵满盆满。

老公不想费脑伤神，交给我炒股的大权。

在朋友的介绍之下，我认识了一位股票经纪。经纪要求我们在银行建立个专门的户头。

为能大捞一把，我们把所有的存款重新整合，准备存进一家名响天下的银行。

开户的那天，我拿着几张大额的 cashier's check（现金支票）（因为见股票天天在涨，自己迟了一天就失去了不少银两，所以用现金支票，二十四小时后，就能冲向股票市场。）来到离上班公司不远的那家银行。

这世界，钱无论走到哪儿都显出它的霸气。这家银行财大气粗，不仅在市中心最热闹的街头，占据最繁华的位置，就连里边的职员，也个个油头粉面，衣冠楚楚。

我在长长的队伍里扭腰挪步，瞻前顾后，紧捏提包，因包里装着那一半家当，（现金支票）而不时地提防着三只手的介入。站了良久，我才被一位堪比时装模特的"靓妹"，引到一位开户的 banker（开户头的银行职员）那宽大的桌前。

当身子一陷入舒适的沙发椅里，我把对面的 Banker 上下打量，认真判断。

我生性多疑，大概是当年在国内被洗脑洗过了头，物及必反，所以多年来，除了上帝耶稣之外，我对谁都是半信半疑，尤其在涉及金钱利益之时，我对所有的人，恨不能把他们剖开心扉，拿起放大镜，看个究竟。

此刻，我要把一半家当，交给眼前这位 Banker，自然要对他察言观色，仔细掂量，虽说不会看相，但自己那灵敏的直觉，往往能把对方透视一番，得出的结论也常让老公惊叹。

对面黑色皮椅里的 Banker，虽然一头黑发梳得铮亮，仍遮不住那若隐若现的"地中海"的反光；一双大眼似乎酒醉未醒，目光如水中的月亮游移不定；眼上方的双眉横斜倒八，仿佛人人都有欠他；脸上的脂肪看去

过多，令黑黄的两颊直往下堕……

趁他七侃八扯，把我的资料输入电脑之际，我对他的"看相"也完结，得出结论是：此人油头滑脑，心术不正，奸黠狡诈，心狠手辣，如果用信任十分制来打分，我对他的评分将是负数九。我心中响起了警报：这人不可信，再换一个。

我左瞧右看，发现墙上的摄像头似上帝的眼睛，无处不在。于是，我解除了脑中的警报，翘起二郎腿自在悠悠，这有钱的感觉真好。

"你现在主要的住处在哪里？"Banker 抬起惺忪的双眼，盯着我问道。

"Rome 街 109 号。"我顺口溜出。

"哦，我知道那儿。其实，我是你的邻居，就离你三个街口。"他眯起厚厚的双眼，挤出一丝微笑。

"是嘛？"我随意答道，但心中"悠"得惊颤了一下，也不知这"惊颤"为的是哪般，直到三天后才找到了答案。

账户里平添了个陌生人

俗话说得好：害人之心不可有，防人之心不可无。

我的"防人之心"促使我多了个心眼：这人就住在我家附近，他不用花多少功夫，就能弄清我所有的底细。万一我发生不幸，不知这钱会溜向哪里。因此，户口上不能只有我一个人的名字。

"我能把我丈夫的名字放在户头上吗？"我脱口问道。

"他得亲自来这签名。"Banker 头也未抬，一口否决。

"可他在上班，抽不出空来。"我一心等着钱入户头，二十四小时后就能在股场上大显身手。

"那你可以把你孩子作为受益人放入账户。他或她不可操作账户里的钱，但万一你出意外，God forbid（但愿别发生此事），你的孩子就可以继承账户里所有的钱。"他老道得向我建议，那游弋的目光，全聚在我的身上。

"这主意好。那你就给我办吧。"我顿时惭愧万分，遣责自己狗眼看人低，不无感激地接受了他的建议。

我把儿子的所有资料，加上社会安全卡号，全写在一张纸上，恭恭敬敬地给他递上。

他把我儿子的所有的资料输入后，在电脑的键盘上敲打了半晌，最后，交给我一张打印出来的收条。

我怀揣着开户的收条，回家后兴高彩烈地向老公炫耀，仿佛我已杀入了股场，赚了个钵满盆满。

"你不是说，儿子的名字也在上面吗？我怎么找不到？"老公在收条上上下扫描，忽然抬头向我问道。

"什么？儿子的名字不在户头上？不可能，他教我这麽做的。我把儿子的名字，出生年月，地址和社会安全卡号全给了他。怎么会没有？"我得意的脸色顿时变成了惊恐。

"你不是说，你历来办事稳妥吗？怎么这么重要的事会出现如此的差错！"老公气得火冒三丈，仿佛我在股场上已输得精光。

是夜，我辗转反侧，眼睁睁地熬到了天亮，还未下股海，心已戚戚惶惶。神经如此脆弱，怎能在股海里鏖战？（看来自己输不起）

次日，没等到中饭休息，银行一开门我就冲去。一到银行，我四处寻找那Banker，如大海捞针，不见人影。我心儿忐忑，只好找经理帮忙。

不知经理是太忙，无暇顾及，还是觉得我这穷人看钱太重，眼高手低，一句话便想把我打发："你急什么，等明天你的钱过了户，你儿子的名字也自然显露。"

听她这么一说，我眉头更蹙，急切地问道："他不是说二十四小时后钱就到位吗？怎么还没到？"

"有时二十四小时，有时要二十八小时。现在，银行才刚开门，你明天来，钱一定进入你的账户。"她说着展露出一副迷人的笑容。此笑容拒我于千里，我张开的口只好合闭。

我忐忑得又熬过了一日，这事对丈夫闭口不提，否

则，给自己惹来双重压力。

第二日，为能避免排队，我早早地等在银行的门口，门一开，就连蹦带跑，冲向那 Banker 的桌子，可这 Banker 仿佛人间蒸发，四处找不到他。幸好那经理还在，我如焚的心儿才得以降温，稍微自在。

我高举着银行收条，正要张口，那经理立即说道："我能怎么帮你？"

我心快口快地道明了来意，要求经理查查我儿子的名字是否在户头上显露，再看看钱是否过户。

"好消息，名字已显露，钱也到位。"经理在电脑上悠忽了片刻，冲着我展露出洁白的牙齿，那迷人的笑容此时像冬天里的火炉。

"你能告诉我那钱的总数吗？"我仍不放心。

经理按个、十、百、千、万、十万的数字加小数，一字不漏地向我报上。

我把那数字写下与收条上的数字加以对照，这一对，对得我满头雾水，一脸疑惑。

"有什么不对吗？"经理收起了笑容，目光仿佛在说：你这人真麻烦。

"这总数怎么会比我存进的还多？"我百思不得其解，要她替我解惑。

"是嘛？你自己存的钱怎么会错？让我看看。"经理一边说，一边按着小鼠标，其目光在电脑屏幕上上下搜索。

"昨天你们存进了四百八十六块。所以总数多了出来。"经理看着我,仿佛在说:少了钱你自然要追问,这多了钱你也不高兴?

"谁存进了四百八十六块了?我这账户才前天开的,除了我丈夫,我根本就没把账号让任何人知道。谁又怎能把钱存进我的账号呢?"我双眉紧锁,越想这疑问越多。难不成真有人背着给我送钱?"谁这么好心,给我送钱?"我满脸狐疑,试图打破沙锅。

"你共同户头的拥有者,Oscar Hernandez,昨天,他在你家附近的分行里存进这笔数目的现金。"经理认真地读着电脑上的资料,我的狐疑让她摸不着头脑。

这名字宛若平地起惊雷,彻底搅惑了我的思维。熟人中,我从未听说过此人的名字,更不知这个 Hernandez 来自哪个星系。这迷雾越来越重,我仿佛错入迷宫,但心中的直觉,让我看到了一只黑手。这黑手是谁,我迫不急待地想弄个明白。

差点赔命

上帝造人时,他不仅赋予人视、听、嗅、味、触五

种感觉，还赐予人第六感觉，既直觉，又名为"动物直觉"，它是最原始、最基本的感觉。这种直觉超过了人类的其他五种感觉，是逻辑判断和理性所不及的。

感谢上帝，我的第六感觉再次救了我。

我的账号里，不仅莫名其妙地多出了四百八十六块钱，还莫名其妙地多出个从未谋面的 Hernandez 先生，而这从未谋面的 Hernandez 先生，竟莫名其妙地和我亲热到共同拥有银行账户。我搜肠刮肚，试图找出记忆中的任何叫 Hernandez 的客户。

客户中，也确实有几位姓 Hernandez 的墨西哥人。于是，我在脑海里放映着那些叫 Hernandez 的人的脸谱。但这些 Hernandez 和我不粘亲带故，也没有任何对我暗恋到送钱的地步。除了和我老板有生意往来之外，他们从不和我谈钱或银行开户之事。想来想去，我突然想起了那位替我开户的 Banker。那天满脑子就想着这钱何时能过户，却忘了最重要的一步——看他名字招牌上的每个字母。

"请问，那天替我开户头的 Banker 叫什么名字？"我急着问经理，心中企盼着那 Banker 就是 Hernandez。这一来，一切就水落石出。他想与我共享账号里的银两。

"按这上面的记录，那天替你开户的是 Jack Robinson Jr。这周，他休假。下星期一，他才来上班。"经理不耐烦地解释着。

呵，这 Banker 不叫 Hernandez！

"那我儿子的名字在不在上面？"我双眼圆睁地问着，只觉脊梁骨发凉，宛然被人推进了一个陷井，却不知如何喊"救命"。

"你儿子不是 Hernandez 吗？"经理觉得诧异。

哈，原来这只黑手，来自 Hernandez！而他的黑手已伸向了我的户头。

"我不是墨西哥人，我老公也不性 Hernandez，儿子怎么会叫 Hernandez？这分明就是有人做了手脚，用这个 Hernandez 代替了我的儿子，占据了我的户头。这种企图一看就明了。"我愤怒地嚷道，声调越来越高，吓得经理慌了手脚。

她马上笑道："邦德夫人，别生气，这只是一个小小的失误，可能人家把钱存错了账户，这种事也时有发生。我们把钱退还给存款人就行了。"说完，她就在键盘上"嘀嘀嗒嗒"地敲打着。

我想想，她说的也许对，别得理不饶人，随即，缓和下了口气。"请去掉那个 Hernandez，把我儿子的名字填上去。"我郑重要求。

经理把改过的账户总数收据给了我，安慰道："实在抱歉，我们出现了这种差错，不过你放心，以后保证不再出现类似的错误。"

　　我拿着收据，心里似吃下定心丸。为这次的惊险，吓出一身冷汗，以为此次飓风，只在海里转转，并未登岸，我只是虚惊一场。

　　下班回家的路上，我下高速不久，一辆黑色破败的小车，似一条莽蛇，突然，从左边街上向我急速冲来。

　　我眼明手快，急转方向盘，迅速避过，并紧按喇叭：你开车不长眼！

　　黑车不仅长眼，还紧咬着我不放。透过倒后镜，我看到了黑车的司机，他那黝黑的脸上，闪露着魔鬼的目光。这魔鬼似乎有备而来，不达目的，绝不放弃。

　　我熟门熟路，七拐八弯，似脱缰的野马，超车越线，横冲直撞，心想：这是我的地盘，你能拿我怎样？

　　突然"砰"的一声。我的车后玻璃震响。我吓得差点断气，但意识到命在旦夕，头脑灵机一动，猛踩油门，急速右转，朝两个街口的警局冲去。

　　黑车一看我改变了方向，意识到我的主张，朝我又开了一枪，只是那子弹跑错了方向。

　　警笛随即响起，那像伙紧急刹车，掉转方向，急忙逃蹿，我见他一溜，停下车等候警察。两男警对我仔细盘问，问我认不认识凶手。

　　我说："我以前从未见过，将来也不想碰上，要不，我准去见阎王。"但我想来想去，找不着要杀我的敌手。

忽然，那 Banker 出现在脑海。我随即把银行存款之事向警察提起。

警察听后，摇了摇头。"你无凭无据，不可胡乱猜忌。银行是银行，这凶手是这凶手，两者毫无关系。不过，我们会对你的安全和 Jack Robinson Jr 加以注意，因为你们都在我们的管辖区。"

录完口供，我回到了家，向老公叙述了遇险的经过，老公却说："那傢伙看走了眼，把你弄错。"

我旋即把银行账号的事将这刺杀联在一起，与老公细细分析。

"天啊，太悬了！明天立即去把钱取出来，关了那账号，要不你的小命不保。"老公顿时惊呼。

"你别吓我？"从惊吓中刚回过神来的我，又惊魂失魄。

老公认真地分析："那 Banke，昨天一看我们的钱到位，就故意用别人的名字，在我们家附近那银行的分行，存进四百多块钱。在他的同事的协助下，把我们儿子的名字，换成他同伙的名字，或者，你当天开户时，他就把受益人，改为账号共同持有者，后来把那人的名字，填在账户里。今天，他就派凶手来刺杀你。这鬼地方，每天都死人，留你一个不多，死你一个不少。你一死，他明天就叫同伙，或他自己到银行，神不知，鬼不觉地

把钱取走，关掉账户。这真叫天衣无缝。你这案子也就成了'cold case'（悬案）。谁还管你那银行有没有存款？"。

"上帝啊，太可怕了。我本来还以为自己多心，瞎猜别人，经你这么一说，我原先的怀疑一点没错。"

我越想越后怕，恨不能当夜就搬出那鬼地方。

次日，我深怕Jack会出现在那银行，特意跑到主流社区的分行，取出钱，关了账户。

为了保住这条小命，过不了多久，我和老公正好看上了另一栋楼，经过了一番折腾，终于逃离了这恐怖的upcoming区。也为了保住这条小命，能多活几年，我终于放弃了闯荡股海，大捞一把的野心，老老实实，规规矩矩地当房客的孙子，讨点可怜的生计，不再做那"一夜暴富"的美梦。

三个多月后的一天，警察到我上班的地方来收集资料，我又后怕得直起鸡皮疙瘩。

原来Jack Robinson Jr.因涉嫌盗取客户的存款而被捕入狱。我在感谢上帝之余，请求警察别再来找我，我不想与这傢伙有任何关联。

第八章

【 把老公送进了牢房 】

……

Susana 痛苦得抽泣着，想到这么多年，丈夫为自己付出了一切，不赌、不醺酒、不随便花钱，如今连烟也戒了，却得到如此的回报，她的心疼得如刀割。天底下哪有你如此狠心的女人？如此邪恶的妻子？她越想越自责，越想越伤心，恨不得拿头撞墙，陷入了悔恨的深渊而不能自拔。

……

牙箍美容

爱美之心，人皆有之，无可非议。

随着人类医术的日新月异，人们对美的追求，已超越了造物主的限制，达到了登峰造极的地步。人们不顾造物主的特定安排，在金钱、欲望的驱使下，不怕牺牲、不畏痛楚、不惧手术后遗症，勇敢地躺上手术台，由医生在自己的身上一来二去、三描四划、五割六补、七挪八填，彻底颠覆造物主的原作，摇身一变而为"俊男"、"靓女"，让算命先生和看相术士颠倒了乾坤，迷失了方向。

成年人在"美的迷宫里"追逐尚可理解，但这种"追美"的时尚已由成人延伸至孩童，为的是：不让孩子输在了起跑线上。

好友 Susana 的丈夫 Jim，为了十一岁的儿子长大后能出人头地，省吃俭用，特意戒掉了几十年的烟瘾。一年之后，他积攒了五千多的私房钱，对妻子则保秘得滴水不漏，因为这笔钱，他要用来打造儿子的光辉形象，保证儿子的牙齿像他的其他五官一样，完好无缺。

儿子长得那个标致，别说大人见了，人见人爱，就连小孩也个个围着他转。他刚上幼儿园时，因他那红卷浓密的秀发，白里透红的脸蛋，大而水灵的双眼，小巧玲珑、笔直高耸的鼻子，朱唇皓齿及高人半个头的身段，情窦未开的小姑娘们，为争坐在他身旁闹得不可开交。老师以慈悲为怀，让他轮流和每个女生坐一天。Jim 禁不住得意万分，和每个女孩的家长定娃娃亲。

上初中后，因一位女生在学校里形影不离地跟踪他，小子向校长抱怨说："校长先生，Alina 整日里 stalk（跟踪）我，还死皮赖脸地跟到我家去，我强烈要求你：把她换到别的班去。要不，我要叫父亲去报警，教训教训她。"

因为他是个全 A 优等生，校长只好找了个借口，把那女生调换到了另一个班。

换牙时期，他漏风的樱口，让作父亲的 Jim 怎么看也看不顺眼。Jim 好不容易盼到了儿子的两颗门牙似竹笋般的，慢慢地冒了出来。等他的门牙全长出后，Jim每天都得检查一遍，看看它们是否齐整。不幸的是，他的门牙开始有点往外走，这让 Jim 饭吃不香，觉也睡不稳。于是，他存起了私房钱，戒掉了抽了几十年的烟，

偷偷得带着儿子去看牙医。经朋友介绍，他认识了名叫Jeffery 的牙医。

牙医诊所里，挂满了一些病人整牙前和整牙后的像片，效果显著，那些像片就是Jeffery牙医的杰作。Jim 在像片前细细浏览了一番，事实胜于雄辩，像片胜过千言。

看完像片，Jim 直接和Jeffery 牙医谈起了儿子整牙的事，连讨价还价也免了。他在 Jerry 的要求下，立即豪爽地从兜里掏出五千元，交了整笔费用，用于儿子五年时间整牙。至于如何整治儿子的牙齿，他就像个上了套的驴，由 Jeffery 牙医牵着鼻子走。

既然是上牙床的两个门牙有点往外走，那就先给上牙安上牙箍吧，省时省力，忽悠容易，这钱好挣！Jeffery 暗自高兴地收了钱，让 Jim 这头自己上钩的蠢驴，在一系列似套子的文件上一一签名、画押。

Susana 一看到儿子好端端的牙齿上了一道钢箍，气不打一处出，立即把丈夫拉进卧室（按婚姻心理医生的指示，他们不许在孩子面前，切磋任何有争议的话提，更不能当孩子的面，互相指责、破口大骂。自孩子出生以来，他们在婚姻理疗上不知砸下了多少银子，可两人依然离不开那心理医生。）门一关上，她就按捺不住地劈头问道："你哪来的钱去给 David 上那牙套儿？"

"向我兄弟借的。"Jim 把早想好的答案倒背出来。

"他才刚刚换牙，为何就给他上那套儿？"Susana 追问着，声调开始失控。

"我发现他的两个门牙开始往外走，就把他带去看牙医了。牙医也同意我的看法，看来我还是挺有眼力的。牙医说："若现在不套上牙箍，将来门牙就会整个暴出来。你应该感谢我才对，这本来是你当妈该管的事。"Jim 振振有词。

Susana 无言以对。他说的没错，这本应她管。既然，他越姐代庖，自掏腰包，也就省了自己的麻烦，何乐而不为？她虽心里乐，但脸上还是装出副生气的模样。按婚姻心理医生的建议，无论何事，夫妇俩都不能隐瞒对方，得做到互通有无。而丈夫为儿子牙齿这终身大事，却对她只字不提，背着她花钱给他上套儿。是可忍，孰不可忍！

"我这次虽然没向你通报，但我没做错。"Jim 理直气壮地丢下一句，打开门，昂首挺胸地走出了卧室。

接下来的日子，Jim 谨遵 Jeffery 的指示，每个月带儿子上 Jeffery 的牙医诊所例行检查一次，每天早晚监督儿子刷牙、簌口、清牙缝，而他自己则忘了何时刷的牙，几时簌的口，直到牙疼得无法吃饭，才往牙医处跑。

半年后，Susana 有时看着儿子，总觉得他的模样变

了，变得怪怪的。也许是那牙箍的缘故吧，她也就没往心里去。

时光荏苒，一转眼过了一年，暑假到了，Susana为了奖励儿子的刻苦学习，带着儿子上迪斯尼世界痛痛快快玩了五天。回来的飞机上，她坐在靠过道的位置上。坐在窗口的儿子，时不时惊呼机窗外的景致。Susana偶尔掉头去看，无意中看着儿子侧面，惊讶地发现儿子的嘴巴变了形，上颌缩了进去，下颌却比上颌伸出了许多，使他本正常的脸变得似那些长下巴无牙的老人轮廓，又长又难看。她终于找出了儿子怪模样的缘由，出自于那该死的牙箍。她把这一巨大发现，忍不住地告诉了儿子。

这一来，母子俩本轻松愉悦的灿烂心情，被这该死的牙箍，搅得风起云涌，坐立不安。儿子的笑靥，也被厚厚的阴霾遮住，对着机窗的玻璃，哭丧着个脸，不停地抿嘴、上下齿对咬。Susana急得在过道里似游魂般的走来走去。那牙箍若能徒手取下，Susana一秒都不会迟疑，当即就会拌开儿子的口，把它拽下而后快。

母子俩如在油锅里煎熬，好不容易熬到了家。一进门，扔下行李，一见丈夫Jim，Susana也管不了心理医生的条条框框，立即把儿子拉到他的跟前，极立控制着自己的情绪，咬牙切齿道："你看看你做的好事，5000

美元，把儿子好端端的一张脸变成啥样了？"

几天不见老婆儿子的 Jim，正兴高彩烈地迎接着母子，没想到迎来的是一个"炸药包"。妻子的这一举动，让他丈二和尚摸不着头脑。他朝着儿子左看、右看、前看、后看，就是看不出什么名堂。

"你疯了，他不是好端端的吗？有什么变化？只是变黑了点，被佛州太阳烤晒的，那也是你要在这样的大热天带他去的呀，怎能怪我？"Jim 恼火地回击着。

"你这猪脑，这么历害的变化都看不出来。你看看他的嘴巴和下颌。仔细点。"Susana 提高了声调。

"Daddy，我有了 under-bite（下齿超出了上齿）"儿子泪眼汪汪，哭腔哭调地说。

"Under-bite？谁说的？我怎么看不出来？"Jim 惊讶地辩护着。

"你看，我的上齿对不上下齿，下齿超前了上齿。"儿子上、下齿不停地咬着说，泪珠儿顺着脸颊往下滚。

"看清楚了吧，你这猪脑。我本就说没必要给他上那该死的套儿，他的牙齿还没成型，没固定，而这该死的牙医为了省心，骗你这傻冒的钱，给上面的牙齿上牙箍，却不给下面的上，这一来，上面的牙齿被箍住了，长不出来，而下面的牙床和牙齿却拼命地往外长，这不就造成了他的 under -bite 了？"Susana 怒不可遏地向 Jim

发出了连珠炮。

"你闭嘴，你又不是什么牙医，你懂什么？女人家，就知道瞎咋呼。"Jim对老婆当着儿子的面，指责他、怒骂他、挑战他男人的权威，怒从心来，高声地回敬道。

"我不是牙医，可我至少有点 common sense（常识）。哪像你，被人卖了还帮卖者数钱。"Susana针峰相对地回吼道。

两人就这样，你来我往地互相指责、彼此谩骂，吵了一个多小时，最后，儿子哭着喊着肚子痛，两人才慌不跌地开车送他去医院就诊，接束了这场昏天黑地的骂战。

龙妻难驭

在医院的急诊室里，两人终于冷静了下来，一起对付儿子这突发状况。经检查后，儿子无大碍，只是过于饥饿造成的肠痉挛，当下，喝了点汽水，打了点滴，也就好了。

Susana冷静下来后，检讨了自己的急躁和不理性，主动向丈夫道歉，Jim也大方而理所当然地接受了她的道歉。

Susana立即提出，她次日要带儿子上Jeffery那去看看，怎样纠正这个将影响他们儿子一辈子的 under-bite。Jim 欣然同意，但他警告道："你若叫他取下牙箍，你得赔偿我所有的费用。"他觉得：自己好不容易替儿子做了件有意义的事，怎么又错了呢？他们这个家，无论大事小事，都得经过妻子的揉捏，否则就难成方圆。为此，他极为不满，可每每结果又逃不出妻子的所料。这一次替儿子箍牙，他特意撇开妻子，就是想证明自己的能力，也好在儿子面前树立起当爹的威信。照儿子所说：戴牙箍的同学，大都是有钱人家的子弟。如今，儿子也自豪地加入了他同学中的富人之列，对他这当爹的也毕恭毕敬。若把儿子的牙箍拿掉，无异于他花了钱，给自己买了一记响亮的耳光。儿子也许更注重他自己的长相，而不在乎混迹于富人之列，可他这当爹的将颜面扫地！

Susana 精疲力竭，无意再燃起那刚熄灭的战火。

次日正好是星期六，夫妇俩休息。一家三口早早地来到 Jeffery 牙医珍所。

等了半天，Jeffery 才抽出空儿见他们。Jeffery 一见 Susana，就感到山雨欲来风满楼。他立即把一家人领进了会客室，把门关上，满脸堆笑地问候着。

屁股一坐稳，Susana 就毫不客气地把来意说明，质问 Jeffery：儿子箍牙之前没有 under-bite，为何箍牙一年

之后，就出现这严重的 under-bite？

"因为他的牙齿还没固定，所以会出现这种状况，等我把他的下牙箍上之后，这 under-bite 就会消失。" Jeffery 紧抿着有明显 under-bite 的嘴，沉吟了半晌，老练地辩解着。

"我就说了，等牙齿全整完后，这 under-bite 就会消失的嘛。你瞧，我说的没错，可她就是听不进去。女人啊，总是自以为是。"Jim 急于证明自己正确，见缝插针地说道。

"你能写下来，保证等你完成了整个箍牙过程后，他的 under-bite 就会消失，上、下牙会完好吻合吗？" Susana 紧逼着问道，心里则想：不管你如何解释、狡辩，你若能保证，就说明你有把握，那我可以放心地把儿子交给你。若不然，你就是耍花腔、唱高调，无非就是骗钱，无视病人的未来。

Jeffery 那因 under-bite 而拉得老长的脸，渐渐发红。他掠了掠头顶上少有的几根毛发，迟疑了一阵，说道："这个……这个谁也无法保证。世上的事谁能保证呢？能保证你呆会儿出门不被车撞吗？"

"既然你无法保证，我又怎能相信你说的那些话？怎能相信你对我儿子的医治呢？对不起，我要求你即刻把我儿子的牙箍取下来。至于退款的事，由我丈夫和你商量解决。好了，不占用你宝贵的时间了。现在能替他取牙箍吗？"Susana 寸步不让。

Jim 急得在一旁抓耳挠腮，一会儿看看这个，一会儿看看那个。一听妻子要求取下儿子的牙箍，马上急了。对 Jeffery 说。"Jeffery 医生，不急，我们回去好好商量一下，再打电话给你。"说完，对 Susana 吼道："你急什么，我们至少要问问儿子怎么想啊，对吧，儿子？"

"David 懂什么？他要是懂得话，就不需要你这监护人了。"Susana 白了他一眼，掉头对 Jeffery 说道："我还是要求您把他的牙箍取下来，越快越好，如果将来他的牙需要纠正，我会把他带来您这儿的。"为对付这两面夹攻，Susana 只好缓和下口气，以退为进。

"我今天没空，你到柜台去预约一下。再说，你们夫妇也得好好去商量商量，统一统一意见再定夺。对不起，病人还在等我，我得去忙了。失陪。"Jeffery 抓住他们夫妇俩斗嘴的机会，来了个金禅脱壳，溜之大吉。

Jeffery 前脚走，Susana 后脚就来到了前面的柜台，要求预约，替儿子取牙箍。

回家后，Jim 越想越觉得自己丢尽了脸面，越想越恨 Susana。她为何总是自以为是？为何不把门庭若市、经验丰富的老牙医放在眼里？为何她一反婚前那温柔可人的

模样，而变成如今叱牙裂嘴的母龙？（她总是以龙的传人而自居。岂不知龙是 serpent——蛇的化身，是 evil 的代表？）为何她不挑别人的刺却老跟自己过不去？让他堂堂的七尺男儿，总在她那五短身材面前矮人三分？

几天来，回到家，他横眉怒目地看着妻子。不看则罢，一看则越看越恼、越恼越恨、越恨心越痛。他几次在厨房切菜时，不由自主地拿着菜刀，恨不得宰了她。幸好，她乖巧，一见他拿刀，就立马躲在后凉台玩电脑，否则，不知会出什么状况。稍稍冷静下来后，他一想，又吓出了一身冷汗。最后，他不得不向在警局工作了二十年之久的肝胆兄弟 Tom 求救，以摆脱这种罪恶而危险的心态，同时，取些治治妻子飞扬跋扈的妙方。

然而，Tom 给他的好主意就是报警，让警察出面来吓唬吓唬他这位来自中国的龙妻。

星期五早上，Susana 送完儿子上学，上午没班，正在后凉台上看书晒太阳。一位警察突然出现在她的面前，让她着实吓了一跳。

"你是 Susana 吗？"警察严肃地问道。

"是啊。出什么事啦？"Susana 惊愕地反问着。

"你丈夫报警说：你和他大闹一场。究竟怎么回事，你能说说吗？"警察公事公办地审问道。

　　"哦，是这样。"Susana 如释重负，笑着说。随即，她把丈夫如何没和她协商，私下里带着牙还未换全的儿子去让牙医上牙箍，而无良牙医又如何骗了他丈夫一次性交了五千元，却只给儿子装了上牙的牙箍，致使儿子好端端的嘴巴，弄出个 under-bite；她又如何领着儿子去牙医那儿，要求把牙箍取下来，为此，丈夫和她大闹一场云云，一五一十，陈述了一番。

　　警察一听，不禁摇摇头，笑了笑，对他们的争吵不可思议。最后，他把 Susana 带到前厅和另一名警官及 Jim 汇合。两名警察给他夫妇俩的建议是把儿子带到另一家牙医处，寻求 second opinion（第二意见）。

　　对此，Jim 大失所望，妻子没被吓倒，反而又多了一道名堂。一旦另一牙医证实儿子有了 under-bite，那他从此只好作缩头乌龟，她更可以骑到自己的头上，拉屎拉尿了。他越思忖，心里就越憋气。思前想后，他决定在儿子身上下功夫，牙齿是儿子的，儿子已十三有多，他完全可以为自己的牙齿拿主意。

　　晚上，吃完饭，他特意把儿子悄悄拉到后凉台上，威胁加贿赂，给了他五十元一张钞票。儿子看在钱的份上，终于答应了不把牙箍取下来。

　　他这边刚做完工作，Susana 立即冒了出来，把儿子拉进客厅的镜子前，苦口婆心地说道："好孩子，你仔

细看看自己。若现在不马上取下那该死的牙箍，你的
under-bite 会越来越严重，你愿意为了取悦你父亲的自
尊心而毁了自己的容貌？你愿意将来因这难看的长相
而处处碰壁？再说，你现在一切都未定型，等到你十五、
六岁后，牙齿全长好了，若有不齐的再整也来得及啊？
但那时再整你的 under-bite 就来不及了。"

　　镜子里的脸蛋儿本来并不可怕，可经母亲这么一
说，他仿佛看到了自己似老巫婆的丑陋嘴脸，不禁下定
决心，按约定的时间去把该死的牙箍拿掉。

　　Jim 却不甘心，一会儿又找到他的卧室来。他只好
敷衍着父亲。父亲前脚刚离开，母亲后脚又钻了进来。
父母如同走马灯，一晚上来来回回得钻进他的卧室。他
终于忍无可忍，锁上门，关上灯，装着睡着了，才落得
个耳根清净。

　　星期六，Susana 按预约，带上儿子去寻求 second
opinion。起初，Jim 极力抵抗，试图阻止，理由是：那
是浪费时间，因为，每个牙医的观点都不一样，就似每
个医生给病人开的药都不同是一个道理。可是，儿子不
听，跟着母亲往外走，他心里直叫苦：那五十元白白地
打了水漂，早饭没吃完，也紧跟着娘俩，去寻求那该死
的 "second opinion。"

弄假成真

一家人，一路上各怀各自的心思，来到了另一家颇具名望、生意兴隆的牙医处，寻求 second opinion。

等了不久，主牙医把 David 摆上了医疗床，上好了架，在他的四只眼睛上再加上放大镜，把 David 所有的牙齿轮个检查完后，卸了架，又小心得检查了 David 的上下颌。摆弄了十分钟后，在三双眼、六瞳仁的高度聚焦下，他终于脱下眼镜，满脸严肃地说到："看来，他的 under-bite 相当严重。"

"那怎么办？"Susana 急切地追问着。"这牙箍必须取下，对吧？"她横了一眼身边的丈夫，补问道。她与其说是问牙医，不如说是告诉丈夫：瞧，我说得没错吧？你还有什么话可说？

Jim 一听，仿佛被滚烫的热水当头一淋，脸一直红到脖子下，两道红眉扭成结，一双蓝眼打倒竖，双牙紧咬，一声不发。

"他的牙长得挺整齐的，再说，现在没必要上牙箍，

完全可以等到他十六、七岁后看情况而定。"牙医的这些话，在他们一家人的耳里，是那样的熟悉，因为，这跟 Susana 所说的如出一辙。

Susana 得到了她要的 second opinion，得意得一声不吭，只是对儿子使了个眼色，意为：听到没有？妈妈说的一点不错吧？听妈的，准没错。她也心知肚明，丈夫心里的活火山正在闷然，她最好不要去碰"它"，还是沉默为好。

"若给他的下牙装上牙箍，那 under-bite 可以得到纠正吗？"Jim 不愿就此认输，仍作最后一搏。

"那很难说。百分之八十不大可能。将来纠正这under-bite 可能要给下牙床动手术，把两边的颌骨切掉些，或把两边的牙齿拔掉一个。使下颌往里缩。"牙医把前景说得如此可怕，David 马上叫到："我可不要动手术。"

牙医的这番话把 Jim 彻底地击败了。他输得如此之惨，丢了几千元不算，还把自己那可怜的自尊全给赔了进去。他失魂落魄地回到店里，客人来了也不招呼，只由伙计在一旁忙乎着。晚上，他一头栽进许多年未涉足的酒巴，混到凌晨三点才回家，倒在床上，一躺下就睡到次日晚上六点多才睁开了眼。

Susana 也一夜未睡，等他回来，见他酩酊大醉而归，虽然大吃一惊，但二话没说，小心翼翼地把他扶上了床。

星期一，Susana 按预约带着儿子到 Jeffery 处取下牙箍，她也顺便问 Jeffery，如果儿子这 under-bite 不能自然纠正，将来该怎们办？

Jeffery 的提议和另一牙医的说法豪无差异。儿子听在耳里，记在心上。晚上，父亲下班回来，他就对父亲横眉怒目，不予理采。儿子的这一恶劣态度在 Jim 的活火山上又浇了一桶油。

吃完晚饭，儿子在做作业，Susana 跟往常一样，要求儿子完成作业后再上网作一小时的课外功课。儿子也许因自己的 under-bite 而焦虑不安，无心再受一小时功课的折磨，头一次拒绝母亲的要求。Susana 禁不住怒从心头起，火从两眼冒，对他厉声喝道："做也得做，不做也得做，那是为你的未来做的。"

Susana 这一声吆喝，宛如闪电，把 Jim 内心的活火山霎时劈开一道口子，火焰顿时冲天。他冲进儿子的房间，一边用力拽着妻子的手，要把她拖出儿子的房间，一边目露凶光，恶狠狠地嚷道："你这条 Dragon（龙），一天到晚就吼个没完，我们父子俩受够了，对吧，儿子？"说完，朝 Susana 的脚背狠狠地踩上一脚。

"你打我！你竟敢打我？！"Susana 又惊又气地大叫了起来。结婚十几年来，Jim 和别人动过粗，但从未动过

她一个指头。今天，他不仅死掐她的手臂，还狠踩她的脚，这简直是天塌地陷了。"你竟敢打我？！我要报警！"

"我不在乎，你去报吧。电话在这，报吧！"Jim 瞪着充血的大眼，从口袋里掏出手机，递给她，气壮如牛地吼着。

Susana 一把夺过他的手机，泪眼汪汪地按下了 911。电话一通，她立即满腔怒火地说道："我丈夫打我！"

接线员一听，即刻详细地向她询问了许多细节和她的身份及住家地址，吩咐她马上到街上或邻居家或安全的地方去等警察来。

Susana 坐在客厅里，仿佛不相信这件事会发生在自己的身上。她和丈夫是热恋后才结婚的。当年他们这一对郎才女貌，天作之合让多少人羡慕。她从中国来留学，研究生毕业后，和在一家商场当经理的 Jim 结了婚。不久，她考了个护士执照，幸运获得一家大医院的工作。婚后一年，他们就买下了令同事们称羡不已的豪宅。紧接着，丈夫和她合伙开了个宠物物品店，丈夫打理，她隔天去盘点查账。随着生意的红火，他们爱的结晶——David——也随之降临。然而，为了这个捧在怀里怕摔坏，含在嘴里怕融化的"结晶"，夫妇俩东西方的文化开始磨擦、碰撞。磨得两人的爱全然消失；撞得双方的心伤痕累累。他们只好求助于婚姻心理医生。那心理医生，成了他们矛盾的"缓冲区"，两人也因心疼那白花花送给心理医生的银子，而尽力克制自己的情绪，极力减少磨擦碰撞。而这一次，双方久已压抑的情绪，终于爆发了！尤其是 Jim，他已变得让 Susana 认不出来了。他的行为举止，让她感到不寒而栗。看来，该是教训教训他的时候了！Susana 振作起精神，准备等警察来了，吓唬吓唬丈夫，至于后果会怎样，她压根儿没想过。

报警几分钟后，三个男警察风驰电掣般的来到了他们的豪宅前，Susana 开门迎接了他们。

领头的警官劈头就问："你是 Susana 吗？你丈夫，Steward 先生在哪里？"

"我在这里。"Jim 从后面走了出来，不以为然地答道。

警官把他交给了另外两名警察，他便开始仔细地盘问起 Susana 事发的经过。

Susana 这边向警官陈述事件发生的经过，那边却专注着另俩警察对丈夫的一举一动。当她看到警察给丈夫上手铐时，立刻冲录她口供的警官说："你们干嘛把他铐起来？"

"因为他触犯了刑法。我们得把他逮捕，送他进牢房。"警官停下笔，严肃地答道。

"你在开玩笑吧？"Susana 惊恐地叫道。

"谁给你开玩笑？家暴是严肃的刑事犯罪。但愿你不是在开玩笑。他打你哪里？给我看看。我要照相。"警官两眼紧盯着她，异常严肃地说道。

"天啊，你们真的要逮捕他？真的要送他进牢房？"Susana 突然意识到事情不朝她的意志方向走。这还了得，一旦他被关进牢房，宠物店该怎么办？他要是被判了刑那不完了？那一来，他一定会和我离婚；他出来后，说不准会把我杀了……她那灵活的脑袋像电脑一样，迅速地进行推理，演算出未来的结果。而这些令她越想越恐惧的结果，使她看清了一幕绝非她想要的前景。

于是，她突然忸怩地对警官说："警官先生，对不起，其实我丈夫没打我，他只是拉了一下我的手，不小心踩到我的脚而已。你们能不能把他放了？我只是因为他大声喊叫，才叫你们来吓唬吓唬他的。"

警官犀利的目光似探照灯，照透了 Susana 那几根小小的花肠。他问道："事发时，你儿子在场吗？"

"在，不过，他没看到。"Susana 不想把儿子牵扯进来。

"他在哪里？"警官开始不耐烦了。

"在他卧室里。"Susana 只好带着警官去见儿子。

儿子一看警察，小脸蛋霎时失去了血色。Susana 赶忙拥着他，尽力压下他的惊慌。

儿子天生聪明，他仿佛知道母亲的心思，向警官说了同样的话："我 Daddy 想把我妈拉出我的房间，不小心踩了妈妈的脚。"

"不管怎样，你们到时去对法官说去。我先走了，告辞。"警官神速地出了门。

Susana 冲到屋前，想拦住警车，不让他们把丈夫带走。警察却严肃地警告她别妨碍他们的公务，否则，把她也逮走。

她不禁嚎啕大哭，对双手被反拷在身后的丈夫道歉着："达令，对不起，对不起。我不该撒慌，我不该报警。"她就似小时候常看的电影里的女主角：当身为地下党的丈夫，被国民党或日本鬼子抓走时，痛哭流涕，试图以弱小的力量去和敌人抢夺自己的丈夫，被残忍地甩下后，又没命地追着警车跑……

牢衣常挂

警车走后，她呆若木鸡，坐在客厅里，不知所措，她仿佛在做梦，一直不醒。

过了不知多久，儿子怯生生地站在门口，泪眼汪汪地问道："Daddy 在哪里？"

Susana 猛地惊醒过来，意识到这不是梦，也不是电影，而是真真切切的现实。丈夫真真切切地被警察铐走了！她亲手把他送进了牢房！她不由地双手蒙住脸，哽咽着对儿子说："他出去了，你去睡觉吧，明天还得上学呢。"

儿子信以为真，乖乖地睡觉去了。

Susana 痛苦得抽泣着，想到这么多年，丈夫为自己付出了一切，不赌、不酗酒、不随便花钱，如今连烟也戒了，却得到如此的回报，她的心疼得如刀割。天底下哪有你如此狠心的女人？如此邪恶的妻子？她越想越自责，越想越伤心，恨不得拿头撞墙，陷入了悔恨的深渊而不能自拔。

正在此时，手机响起，她一看是我打来的，仿佛救星降临，立即拿起手机，没等我开口，就向我传来一声惊雷："Rona，我把老公送进了牢房！"

"什么？你说什么？"这没头没脑的一句把我震得不知东西。

"我把 Jim 送进了牢房！你听清楚了吗？我把他送进了牢房！这是真的！我真残忍，我不是人！我还配当他的老婆吗？呜呜……"电话里传来了 Susana 歇斯底里的哭泣声。

"是…吗？……"我愣了片刻。看来这绝非玩笑，Susana 是个意志极为坚强的人，不到伤心处，泪水不轻弹。

我打电话给她是想落实一下周末带孩子们去郊游的事。她的儿子和我的老二同在一所中学里，而且还一起参加某个课余兴趣班，再加上我们两家有许多相同的元素，臭气相投，故物以类聚而已。此刻，一听她家如此大难当头，我不由得心儿发紧。她的伤心就如病菌，透过无线电波，瞬间传染给了我。我即刻像 911 的接线员，冲着电话喊道："Susan，别难过，我马上过来。"

我神速得宛若消防员，在睡衣外，套上风雪衣，急冲冲地拿起手包，给丈夫交代了几句，跑下楼，钻进车，飞速地赶到她家来救火。

坐在门前阶梯上的 Susana，一见到我，立即朝我冲来，没等我脚跟站稳，一把扑在我的肩上，我的风雪衣成了她的抹泪巾。

我轻轻地拍了拍她的背，安慰着："又不是天塌下来，有什么大不了的。外边风大，回屋去，慢慢说来。"

"Rona，你说我该怎么办啊？"她一把眼泪一把鼻涕地问道。

"你干嘛好好的把 Jim 送进监狱？什么事不能内部解决，非得要诉诸法律、警察？"我不解地问着，虽然同情她，但对她的如此做法无法理解也无法苟同。在我

的眼里，Jim 是个绅士风度十足，性格甚为温良谦恭的人。

Susana 经我这么一说，又替自己辩护起来，对 Jim 如何背着她带儿子去牙医处上牙箍、被牙医骗了五千元钱且不说，还把儿子折腾出个 under-bite 的行径申讨了一番。

"要不是我及时发现，把牙箍拿掉，将来他那 under-bite 就难以纠正，这么一来，他好端端个脸就平白无故地给破了相。你说，我哪里做错了？何况我们到第二家牙医处，得到的 second opinion 跟我的看法一样。他错了就错了，错了又不服气，为了他的面子，三番五次跟我吵，还开始动手打我。这还了得？如果我这次不教训教训他，我以后不成了他的拳击袋，随他拳打脚踢？是可忍，孰不可忍。我只好报警了……可万万没想到，警察竟把他抓了去，还说要由法官来判决。警官说，这是个严重的刑事案件。咳……我真蠢，千不该万不该报警，要是 Jim 被判刑，那我们可就完了……" Susana 的申讨口气不知不觉中变成了悔恨。

听完了她心情复杂的话语，我不禁为她感到棘手，也对她深表同情，对 Jim 的如此变化深感吃惊，但为化解眼前的危机，我仔细地想了想，觉得事情未必像她想的那么严重。我不由得当起了她的狗头军师，一知半解地向她出谋划策，说道："法官判案，得由受害人起诉犯罪嫌疑人，如果受害人撤销起诉，法官就无法判决。何况，你已向警官承认了自己撒谎，那证明 Jim 犯罪的证据不足，这案子根本就不成立。因此，你明日可以去向警局提出撤销起诉的要求，这样，Jim 就可以回来了。"

这番话一进入她耳里，仿佛为她拨开了云雾，展现了一片青天。她一把抓住我的手，感激万分的谢道："Rona，没有你，我真不知现在该怎么办。"

"老朋友说这话就见外了，你再说，我就走了。"看她从纠结中走了出来，我如释重负地说道。

她随即泡了壶从中国带来的大红袍，我俩谈到深夜。当晚，我就在她的客房里睡了一觉，准备次日陪她上警局。但她决意自己解决，不想拖累我，我也就早早地起床，祝了她好运后，回家送孩子上学了。

Susana 送儿子上学后，径直去了警局，找到了负责他丈夫案子的警官，使出浑身的解数，替丈夫洗脱罪名，大包大揽地把所有的过错戴到自个儿的头上，千般悔恨、万般自责地把自己开刷了一番，无比真诚地要求撤销起诉。此时此刻，只要能把丈夫救出牢房，哪怕她自己得进监狱，她也豪不迟疑。她的如此表现，感动得警官亲自把她送到了区检察官的办公室。

区检察官办公室的一位办事员则豪不客气地训斥

她道："你以为警察局是你开的吗？随心所欲，想报警就报警，想撤案就撤案？哪来的这么容易。你这个案子还没送上来，至少要几天。"说完，连正眼也没瞧她一下，继续埋头整理她的文件。

"我能见见他吗？他忘了带药。"Susana 拿出丈夫每天治糖尿病的药，可怜巴巴地请求着。

"把药给我吧，你不能见他，因为你是他家暴的受害人，不能见他。"办事员不可思议地看着 Susana 回道。这女人脑子肯定有问题，昨夜被丈夫打得报警，今早就来替他求情。真贱！活该！

"他要被关多久才能回家？"Susana 仍不死心。

"如果案子不严重的话，至少要一个星期。回去吧。好好地照顾好自己。"办事员耐不住她的磨，心软了下来。

Susana 无奈地回到了家，心里空落落的，不知没有丈夫的日子要怎么过。发呆了良久之后，她忍不住打电话给我。"Rona，警局不放 Jim，他们说要等一周后才着手这案子。看来我是搬起石头砸自己的脚。"她哽咽着。

我又喋喋不休地安慰了她半天。正当我口若悬河，推理判断之际，电话的那一头传来一声刺耳的尖叫："哈……哈哈，Jim 回来了！他回来了！达……令……你回来了！"电话断了。我听了一阵，没声音后，才收起了手机，心里如打翻了五味瓶，说不出的滋味。

次日，Susana 邀我一家去她家吃饭，为丈夫凯旋而归接风洗尘。为不影响他们"小别"胜新婚的团聚，我独自赴宴。一进客厅，我颇为诧异。一套醒目的橘红色内衣裤挂在了壁炉旁，与柔和的客厅及优雅的摆设形成了刺目的反差。我忍不住好奇地问道："这是何方艺术品？"

夫妇俩搂在一起，甜蜜地对看了一眼，继而开心地大笑着。"这是我们的警示旗。"Susana 说道。"也是我们的婚姻心理医生。"Jim 补上一句。

原来那是 Jim 在牢里穿的囚服，被他偷偷地穿了回来。我的兴趣好似一桶兴奋剂，催发了 Jim 的极大兴致。他当即取下墙上的囚衣，套在身上，舞之、蹈之、哼之、唱之，仿佛中了乐透大奖。

在欢笑声中，我在心里默默地祈祷着：愿他俩从此以后，和和睦睦，百年好合。